SIOSTRY ZE ZŁOTEGO BRZEGU

TOM 1

JEANETTE SEMB

Hotel pełen tajemnic

Tłumaczenie:
Małgorzata Rost/Lingua Lab
www.lingualab.pl

Tytuł sagi: *Siostry ze Złotego Brzegu*
Tytuł tomu: *Hotel pełen tajemnic*
Tytuł oryginalny: *Skjærgårdsliv*
Tytuł oryginalny tomu: *Strandhotellet*

Wydawnictwo EDIPRESSE Polska S.A.
ul. Wiejska 19, 00-480 Warszawa

Dyrektor wydawnicza: Małgorzata Franke
Dyrektor ds. projektów specjalnych: Magdalena Cylejewska
Redaktor naczelna działu kolekcji: Anna Woźniak
Redaktor prowadząca: Magdalena Chomicka
Brand manager: Katarzyna Mirowska
Reklama: Emilia Gołębiowska

Redakcja i korekta: Grzegorz Godlewski
Projekt graficzny okładki: Piotr Sokołowski
Skład i łamanie: Paweł Drygiel

Copyright © CAPPELEN DAMM AS, 2012
Copyright © Wydawnictwo EDIPRESSE Polska S.A., 2017

Wszelkie prawa zastrzeżone.

Żaden z fragmentów tej książki nie może być publikowany w jakiejkolwiek formie bez wcześniejszej pisemnej zgody Wydawcy. Dotyczy to także fotokopii i mikrofilmów oraz rozpowszechniania za pośrednictwem nośników elektronicznych

Druk: TINTA Działdowo

Biuro Obsługi Klienta:
czynne od poniedziałku do piątku w godz. 8.00-17.00
e-mail: bok@edipresse.pl
tel.: (22) 584-22-22

ISBN 978-83-8117-116-8 (cała seria)
ISBN 978-83-8117-117-5 (tom 1)
INDEKS 418722

Galeria postaci

Plażowa 4
Josefine Vik
Martine Vik – młodsza siostra Josefine
Tulla Eriksen – ciotka dziewcząt
Aksel – upośledzony chłopiec, którego pod opiekę wzięła ciotka Tulla

Hotel Strand
Emma Strand
Viktoria Strand – siostra bliźniaczka Emmy
Kristian Strand – ich starszy brat
Ada Strand – ich matka
Anton Strand – ich ojciec
Georg Strand – ich dziadek
Olga – kucharka

Plażowa 2
Anna Halvorsen
Brage Halvorsen – starszy brat Anny
Jenny Halvorsen – młodsza siostra Anny
Liv Halvorsen – ich matka
Rolf Halvorsen – ich ojciec
Elise – córka Anny

Gospodarstwo lensmanna
Knut Jeger – lensmann w Drøbak
Dagny Jeger – żona lensmanna
Gøran Jeger – ich syn
Oda Jeger – ich córka

Inne osoby
Signe Vik – matka Josefine i Martine (nie żyje)
Gunnar Vik – ojciec Josefine i Martine (nie żyje)
Jørgen Solvik – właściciel sklepu
Peder Mørk – pijak

DROGI CZYTELNIKU,

Zwykło się mówić, że Drøbak to miasto, w którym nigdy nie zachodzi słońce. Odnalazłam mój raj, kiedy zamieszkałam tutaj w 1997 roku. Można tu siedzieć nad brzegiem fiordu, przyglądając się przepływającym łodziom i promieniom słońca odbijającym się w tafli wody. Na wybrzeżu rozciąga się park Badeparken, którego ścieżkami ludzie spacerują od setek lat. Również pod szczytami gór otaczających fiord od zamierzchłych czasów zwykli siadywać ludzie, by obserwować roztaczający się pod nimi krajobraz. Od niepamiętnych lat Drøbak znane jest jako nadmorski kurort oraz miasto przyjazne artystom. Latem ze stolicy zwykły przybywać tu tłumy. Parowce pełne zamożnych urlopowiczów z Kristianii przybijały często do portu w Drøbak. W 1902 roku otwarto łaźnie termalne, które oferowały zabiegi lecznicze oraz inne atrakcje.

Od kiedy pamiętam, fascynowała mnie historia; w szkole, obok języka norweskiego, była moim ukochanym przedmiotem. Historia Josefine oraz innych postaci z sagi *Siostry ze Złotego Brzegu* jest w pewnym sensie moją własną. Oczywiście pozwoliłam sobie również na odrobinę artystycznej swobody. Hotel Strand w rzeczywistości nie istnieje. W książce umiejscowiłam go w samym sercu Badeparken, na wzniesieniu, z którego rozciąga się widok na fiord i twierdzę Oscarsborg. Przechrzciłam również ulicę Nielsa Carlsena na ulicę Plażową. Niels Carlsen był zamożnym armatorem, który żył w Drøbak w XVIII wieku. Wraz z żoną ufundował miastu przepiękny kościół, który znajduje się w centrum miasta, nieopodal parku.

Mam nadzieję, że czytanie sagi *Siostry ze Złotego Brzegu* sprawi Państwu tyle radości, co mnie jej pisanie.

Życzę przyjemnej lektury!
Pozdrawiam,
Jeanette

Czytelny tekst

PROLOG

Hotel Strand, Drøbak, 1899

Siostra bliźniaczka wolno odwróciła się plecami do Emmy.

– Jeden, dwa, trzy, cztery...

Ośmioletnia Emma uniosła brzeg spódnicy i wbiegła lekko po schodach. Czerwony chodnik stłumił odgłos jej kroków. Głos siostry niósł się za nią aż na piętro.

– Dwadzieścia, dwadzieścia jeden, dwadzieścia dwa, dwadzieścia trzy...

Emma zatrzymała się u szczytu schodów, niepewna, w którą stronę pójść. Na lewo znajdował się korytarz z pokojami od numeru 1 do 50. Na prawo mieściło się natomiast mieszkanie dziadka.

Mogła się tu ukryć, ale doskonale wiedziała, że właśnie tam siostra zacznie jej szukać w pierwszej kolejności. Ostatecznie skręciła w lewo. Pobiegła długim korytarzem, z licznymi drzwiami do pokojów dla gości po obu jego stronach. Po chwili zatrzymała się, żeby złapać oddech.

Spojrzała na połyskującą mosiężną tabliczkę z numerem 11. Doskonale pamiętała historię, którą opowiedziała jej kiedyś przed pójściem do łóżka Olga. O kobiecie, która niegdyś zamieszkiwała pokój numer 11 i która zniknęła bez śladu. Opowieść była tak przejmująca, że Emma jeszcze długo nie była w stanie zasnąć. Mówiono, że każda kobieta, która wejdzie do tego pokoju, już z niego nie wychodzi...

Choć wewnętrzny głos ostrzegał ją uporczywie, Emma położyła dłoń na klamce. W tej samej chwili rozległo się wołanie Viktorii:

– Sto! Kto się nie schował, ten kryje!

Emma delikatnie nacisnęła klamkę i zaskoczona stwierdziła, że drzwi nie są zamknięte na klucz. Po cichu weszła do pokoju i bezgłośnie zamknęła za sobą drzwi.

Pokój numer 11 na pierwszy rzut oka nie różnił się niczym od pozostałych pokojów w hotelu. Na podłodze był czerwony dywan, a na łóżku leżała pościel w kwiaty oraz narzuta. Wyglądało na to, jakby jeszcze przed chwilą ktoś tam leżał.

Na szafkach nocnych po obu stronach łóżka stały małe lampki, a przy oknie dwa rokokowe fotele oraz niewielki stolik. Goście hotelowi mogli siadywać w nich i cieszyć oko widokiem na fiord, cieśninę między Drøbak i półwyspem Hurumlandet, aż po samą twierdzę Oscarsborg.

Wtem Emma zamarła. Z łazienki dobiegły jakieś odgłosy.

Wiedziała dobrze, że robi coś niedozwolonego. Nie powinna była znaleźć się tutaj. Wraz z Viktorią otrzymały surowy zakaz wchodzenia do hotelowych pokojów. Mimo to ciekawość często brała górę. Zdejmowały wtedy potajemnie duży klucz z haczyka w recepcji, skradały się po schodach i udawały się na poszukiwania z jednego do drugiego pokoju. Klucz pasował do wszystkich drzwi, z wyjątkiem tych w pokoju 11...

Dlaczego zatem pokój był dzisiaj otwarty? Nie znajdowała na to wyjaśnienia.

Spojrzała w kierunku balkonowych drzwi. Miała mocne postanowienie, że tym razem Viktoria długo jej nie znajdzie. Z kołatającym w piersi sercem Emma wymknęła się na balkon i przywarła do ściany. Była podekscytowana i wiedziała, że robi coś zabronionego.

Słońce grzało mocno, na niebie nie było ani jednej chmury. W dole widziała Caroline przemierzającą fiord swoją łodzią. Emma obserwowała z zaciekawieniem miarowe ruchy wioseł. Równe, spokojne tempo. Sama również udała się kiedyś z dziadkiem na przeciwległy brzeg fiordu, do miejscowości Sætre, w odwiedziny do jego znajomej, kobiety z płomieniście rudymi włosami i zielonymi oczami.

Emma zastygła ponownie w bezruchu. Usłyszała groźny i nieprzyjemny męski głos.

Odwróciła ostrożnie głowę i zajrzała do pokoju. Zobaczyła wychodzących z łazienki kobietę i mężczyznę. Natychmiast zauważyła, że się kłócą. Ich głosy były pełne pretensji, przy czym mężczyzna był zdecydowanie donośniejszy.

Emma poczuła się bardzo niezręcznie, jakby przeczuwała, co się zaraz wydarzy. Przypomniała sobie ponownie słowa Olgi o pokoju numer 11 i tajemniczej kobiecie, która do dzisiaj straszy w hotelu.

Przełknęła ślinę i przyjrzała się mężczyźnie, który w gniewie dziko wymachiwał rękami, po czym szybkim krokiem ruszył do biurka. Chwycił za leżący na nim nóż do listów i wbił go głęboko w pierś kobiety.

Emma zamarła. Z trudem zdusiła w sobie krzyk przerażenia, kiedy kobieta upadła na podłogę. Serce dudniło w jej piesi. Po chwili bluzka kobiety zabarwiła się na czerwono.

Mężczyzna wypuścił nóż z dłoni jak oparzony. W panice rozejrzał się po pokoju. Popatrzył przelotnie w kierunku balkonu, ale najwyraźniej oślepiło go słońce, dzięki czemu nie zauważył stojącej na zewnątrz Emmy.

Ale ona dokładnie widziała jego twarz. Wstrzymała oddech. Po chwili mężczyzna wybiegł z pokoju.

Kobieta leżała nadal nieruchomo w kałuży krwi. Emma otworzyła usta. Chciała wołać o pomoc, ale z jej gardła nie wydobył się żaden dźwięk.

Zapadła ciemność.

ROZDZIAŁ PIERWSZY

Drøbak, maj 1909

– Myślisz, że ciotka Tulla ucieszy się na nasz widok? – Martine zwróciła się do Josefine, gdy powóz skręcił na drogę prowadzącą do Drøbak. Przez niemal całą podróż z Kristianii siedziały pogrążone w pełnym zadumy milczeniu.

– Na pewno się ucieszy, choć pewnie wolałaby zobaczyć nas w innych okolicznościach – odparła dwa lata młodszej siostrze Josefine.

– A jeśli nas nie polubi i odeśle do sierocińca? Och, Josefine, to byłoby nie do zniesienia!

Martine załkała cicho, a Josefine objęła mocno jej drżące ramiona. Próbowała znaleźć słowa, które dodałyby siostrze otuchy.

– Wszystko będzie dobrze, zobaczysz. Ciotka Tulla to dobra kobieta, zaopiekuje się nami. Nie ma powodu, aby w to wątpić.

Martine otarła łzy wierzchem dłoni. Chciała być dzielna, ale Josefine wyraźnie widziała, z jakim trudem jej to przychodzi. Była równie zdenerwowana jak jej blisko szesnastoletnia siostra. Josefine dawno nie widziała ciotki Tulli. Ostatnim razem spotkały się przed dziesięcioma laty na pogrzebie matki dziewczynek. Ciotka pojawiła się wtedy w wielobarwnym stroju, podczas gdy reszta gości była ubrana na czarno. Wciąż doskonale pamiętała osłupiałe spojrzenia pogrzebowych gości. Nawet pastor ze zdumienia stracił na moment wątek.

Niespodziewanie na drogę wyszła starsza kobieta z koszykiem pełnym kwiatów. Woźnica pociągnął gwałtownie za lejce, wstrzymując konia i w ostatniej chwili unikając nieszczęścia.

– Patrz, gdzie leziesz! – krzyknął, wymachując pięścią, ale kobieta nie zareagowała. – Mało, że ślepa, to jeszcze głucha – burknął cierpko i ponownie pogonił konia.

– Tęsknię za ojcem – westchnęła cicho Martine. – Dlaczego on też musiał umrzeć?

– Ja również za nim tęsknię – odparła Josefine. Wciąż pamiętała okropne chwile, kiedy w ich domu pojawił się pastor i powiedział, że łódź ojca została wywrócona przez sztorm. Ojca odnaleziono kilka metrów od brzegu. Trzech pozostałych członków załogi uszło z życiem.

Powóz podskakiwał na żwirowej drodze, mijając rozległe zielone łąki i pola kukurydzy. W niewielkiej czerwonej chatce starsza kobieta rozwieszała pranie, zerkając raz po raz niespokojnie na niebo. Miała pewnie nadzieję, że wiatr przegoni wiszącą na horyzoncie ciemną chmurę, a deszcz nie zmoczy rozwieszonych ubrań.

Minęły wiele pięknych gospodarstw, aż w końcu miejsce płaskiego krajobrazu zajął nieco bardziej górzysty teren.

– Wiesz, skąd miasto wzięło swoją nazwę*? – spytała Josefine.

– Nie – odparła Martine.

– Od potężnych górskich szczytów. Ojciec opowiedział mi kiedyś o tym. Pochodził z Ås, gdzie raczej brakuje takich wzniesień. Powiedział, że tutaj zachwyciły go góry i matka. – Josefine uśmiechnęła się.

– Ciekawe, dlaczego zatem zamieszkali potem w Kristianii.

– Nie wiem. Może sądzili, że mają tam szansę na lepsze życie.

U szczytu wzgórza Buggebakken koń zatrzymał się, dysząc ciężko, jakby przestraszył się stromej drogi w dół.

– Zjeżdżałam stąd kiedyś na sankach. Pamiętam, że ciotka Tulla stała na dole i uważała, żebym nikogo przypadkiem nie potrąciła. Matka nie była zachwycona. Jej zdaniem zbocze było zbyt strome i śliskie do jazdy sankami.

---

* Drøbak: drøy – wielki, potężny, bakke – stromy stok, zbocze (przyp. red.)

– Nie wiedziałam, że byłaś kiedyś u ciotki Tulli. Nie wspominałaś o tym. – Martine ze zdumieniem przyjrzała się siostrze.

– Tak, ale tylko raz. Miałam wtedy siedem lat, niedługo później mama umarła.

– Nie wiem, co jest gorsze. Zostać stratowanym przez konia czy utopić się w morzu.

– O nie – westchnęła Josefine. – Nawet nie zamierzam się nad tym zastanawiać. Staram się nie zważać na tę myśl. Po śmierci matki ojciec powiedział, że smutek jest jak umieszczony w sercu trójkąt o ostrych krawędziach, które z czasem tępieją, sprawiając, że ból staje się mniej uporczywy.

Martine zdrapała kawałek brudu z rękawa bluzki.

– Ledwie ją pamiętam. Jeśli jest mi smutno, to raczej dlatego, że nie wiem jak to jest mieć matkę. Ale trójkąt w sercu nie jest mi obcy. Pojawił się tam po śmierci ojca – stwierdziła smutno Martine.

Josefine ujęła dłoń siostry i ścisnęła ją lekko. Po chwili powóz skręcił w niewielką uliczkę, a woźnica po raz kolejny musiał wstrzymać konia. Tym razem na drodze pojawił się chłopak. Nadbiegł od strony boiska, na którym grupa chłopców grała w piłkę. Woźnica pogroził mu pięścią i zaklął pod nosem. Chłopak posłał mu przepraszające spojrzenie, po czym spojrzał na Martine.

– Przygląda ci się – uśmiechnęła się Josefine, szturchając siostrę. – Kto by pomyślał, że w Drøbak są przystojni chłopcy – dodała w nadziei, że zdoła odwrócić jej uwagę od przykrych myśli.

– Może to syn jakiegoś zamożnego kupca – odparła Martine, zerkając przelotnie na chłopaka, który ruszył z powrotem w kierunku boiska. – Nie zamierzam żyć w biedzie. Chcę mieć piękne suknie, chodzić na przyjęcia i nie martwić się o to, jak wiązać koniec z końcem.

– Jestem pewna, że będziesz mogła mieć kogo tylko zechcesz, kiedy przyjdzie odpowiedni czas – odparła Josefine.

– Mam nadzieję, że masz rację – stwierdziła z uśmiechem Martine.

– Gdzie mam was zawieźć? – zwrócił się do Josefine woźnica.

– Ulica Plażowa 4 – odparła.

– To przecież koło hotelu – skrzywił się mężczyzna. – Nie mogłaś tak od razu powiedzieć? Pojechałbym inną drogą.

– Pogodny człowiek – mruknęła Martine.

– Miły jak diabli – szepnęła w odpowiedzi Josefine.

Kiedy powóz mijał okazały kościół z wysoką, wyciągającą się ku niebu iglicą, Josefine poczuła na twarzy pierwszą kroplę deszczu. Woźnica pogonił konia i niedługo zatrzymał się przed bramą z kutego żelaza, na której wisiała duża mosiężna tabliczka. Płot porastały różane krzewy, których liśćmi bawił się wiatr.

– To tutaj miałem was przywieźć?

Josefine spojrzała na tabliczkę i odczytała na głos wyryte na niej nazwisko.

– Tulla Eriksen. – Odwróciła się do siostry. – Jesteśmy na miejscu!

Mężczyzna zeskoczył na ziemię i pomógł siostrom wysiąść. Zdjął następnie z powozu wytartą, brązową walizkę, która mieściła cały dobytek dziewcząt.

– Należą się dwie korony – oświadczył, wyciągając ku nim brudną dłoń.

Josefine otworzyła portmonetkę i wyjęła odpowiednią liczbę monet. Dwie korony to wszystko, co miały przy sobie.

Woźnica spojrzał na monety i zmierzył wzrokiem Josefine. Prędko domyślił się, że nie wyciągnie od niej więcej. Pogonił konia i po chwili nie było go już widać.

Zawiasy zaskrzypiały, kiedy Josefine zamykała bramę. Stały przez chwilę w alejce prowadzącej do willi, której dach wyłożony był dużymi dachówkami.

Ruszyły w końcu w kierunku schodów. Serce waliło mocno w piersi Josefine, kiedy kładła dłoń na kołatce.

A jeśli Martine ma rację? Może ciotka Tulla wcale nie uraduje się na ich widok? Na pewno niełatwo przyszła jej decyzja o wzięciu pod opiekę dwóch sierot...

Wszelkie obawy okazały się nieuzasadnione. Ciotka powitała je z wielką serdecznością.

– Wejdźcie, dzieci – uśmiechnęła się szeroko. – Wejdźcie do domu, zanim zmokniecie. Dobrze, że zdążyłyście przyjechać przed ulewą. Że też Bóg zechciał zesłać na nas swój gniew w taki piękny wiosenny dzień.

Uradowana Tulla roześmiała się, a dziewczęta weszły do holu. Ciotka zamknęła za nimi drzwi i w tej samej chwili rozległ się grzmot, a deszcz począł uderzać o szyby.

– Mało brakowało – stwierdziła Tulla, zamykając okno wychodzące na ulicę. – Bardzo bym nie chciała, żebyście się przeziębiły pierwszego dnia tutaj.

Tulla pokręciła głową, a rude loki zatańczyły wokół jej głowy. Złapała ich walizkę i odstawiła ją na ziemię.

– Pozwólcie, że teraz przywitam się z wami porządnie, tak jak trzeba. – Tulla uścisnęła mocno Josefine, po czym odsunęła ją od siebie na wyciągnięcie ramion, żeby móc dokładnie jej się przyjrzeć.

— Ale urosłaś, Josefine. Jesteś taka piękna! Wyglądasz dokładnie jak matka, kiedy była w twoim wieku. Miała takie same loki, może tylko nieco jaśniejsze. Niech ci się przyjrzę... — Tulla uniosła jej brodę. — Kolor oczu też się zgadza. Jesteś jak skóra zdarta z matki, wiedziałaś o tym?

— Nie... — Josefine zawstydziła się. Ledwie pamiętała matkę, ale wspominała ją jako najpiękniejszą kobietę na świecie. Czyżby Tulla uważała ją za równie urodziwą?

Przyszła kolej Martine. Tulla przytuliła ja mocno i obejrzała dokładnie.

— Równie piękna jak siostra, ale bardziej podobna do ojca. Masz jego rysy i oczy, tylko włosy są inne.

Tulla roześmiała się wesoło i pociągnęła lekko warkocz dziewczynki.

— Biedak, niestety szybko pożegnał się z włosami.

Siostry wymieniły spojrzenia, zdumione tym, że Tulla w taki sposób mówi o ich zmarłym ojcu. Ale najwyraźniej nie miała na myśli nic złego. Ciotka była po prostu odrobinę ekscentryczna. Jej strój był niezwykle barwny. Fioletowa suknia kontrastowała z rudymi włosami, które swobodnie opadały na jej ramiona. Josefine podejrzewała, że Tulla należy do kobiet, które nie przepadają za związywaniem włosów w koczek i wolą je na co dzień rozpuszczać. Ciepło i dobry nastrój ciotki sprawiły, że poczuły się mile widziane, a Josefine mogła wreszcie odetchnąć z ulgą.

Od czasu śmierci ojca była niespokojna i bała się, co czeka ją i siostrę. Przez chwilę była mowa o tym, żeby posłać je do siostry ojca w okręgu Hadeland. Nic gorszego nie mogłoby się im przytrafić. Josefine nie lubiła nikogo z tej części rodziny. Wszyscy byli chłodni, a ich dzieci robiły wrażenie zastraszonych i lękliwych. Mieszkanie z nimi byłoby absolutnym koszmarem.

– Chodźcie, oprowadzę was – powiedziała Tulla, ciągnąc je za sobą w głąb domu. – Rozpakujecie się później.

Josefine pomyślała, że zapewne nie zajmie im to zbyt dużo czasu. Okropna siostra ojca spakowała im trzy sukienki, trochę bielizny, pończochy i kilka chust. Nic poza tym.

– Resztę dostaniecie od waszej krzykliwej ciotki Tulli – stwierdziła oschle.

Josefine podejrzewała, że siostra ojca zabrała resztę ładnych ubrań dla swoich córek.

Siostry Vik poszły za Tullą. Jej suknia szeleściła przy każdym kroku, kiedy oprowadzała je po kolejnych pokojach. Dom był piękny, dwupiętrowy. Zdecydowanie zbyt wielki dla tylko jednej osoby. W końcu weszły do przytulnego salonu. Przy stole pod jednym z okien z widokiem na park i fiord siedział młody chłopak. Pochylał się nad czymś skupiony i nie zauważył ich wcale, nawet kiedy ciotka Tulla odchrząknęła, żeby przykuć jego uwagę.

Josefine i Martine spojrzały po sobie. Czyżby Tulla miała syna?

Ciotka odchrząknęła po raz trzeci, a chłopak w końcu podniósł głowę. Jego twarz rozświetlił promienny uśmiech. Uniósł dłoń i zamachał do nich wesoło. Niemal w mgnieniu oka stracił jednak zainteresowanie nimi i wrócił w skupieniu do swoich spraw.

Josefine od razu zauważyła, że jest nieco inny niż wszyscy.

– Aksel mieszka ze mną. To syn... Cóż, nieważne, czyim jest synem. Najważniejsze, że dobrze nam się razem żyje. Aksel struga piękne figurki z drewna, a jego kolekcja powiększa się z każdym dniem.

Tulla mówiła o nim z taką dumą, jakby był jej własnym dzieckiem.

Josefine podeszła do stołu i wzięła do ręki jedną z figurek, przedstawiającą starszego człowieka z laską. Postać była wystrugana z niezwykłym talentem i precyzją.

– Jest naprawdę piękna!

Aksel podniósł wzrok i uśmiechnął się.

– Tak myślisz?

– Tak. Jesteś bardzo zdolny. Może nauczysz mnie strugać?

– To wcale nie jest takie trudne, jak by się mogło wydawać – odparł uradowany Aksel. – Tak to się robi – dodał i powrócił do strugania. Josefine z podziwem śledziła sprawne ruchy jego dłoni.

Martine trzymała się na dystans, bardziej niż siostra nieufna w stosunku do nieznajomego.

Josefine odłożyła figurkę i podeszła do okna. Spomiędzy lekkich zasłonek dojrzała piękny ogród, bogato obsiany wielobarwnymi kwiatami. Wielkie śliwy zakwitły, a między ich gałęziami widać było w oddali fiord.

– Czy to hotel? – spytała. Nieopodal znajdował się ogromny biały budynek w wytwornym stylu, z ogrodem rozciągającym się aż po sam fiord.

– Tak, to hotel – potwierdziła ciotka Tulla. W jej głosie pobrzmiewał dziwny smutek.

– Jest taki piękny – zachwyciła się Martine. – Spójrzcie na te kolumny... I rzeźbienia przy kalenicy. I te balkony. Pokoje muszą tam być wspaniałe.

– W hotelu straszy – wtrącił niespodziewanie Aksel. – Jest tam duch kobiety – dodał, przyglądając się im poważnie.

– Straszy?

– Tak, w pokoju 11 kiedyś została zabita kobieta. Nigdy nie zaznała spokoju.

Ciarki przebiegły po plecach Josefine i poczuła, jak Martine łapie ją za dłoń.

– Przestań, Akselu. – Tulla próbowała rozluźnić atmosferę. – Nie strasz dziewcząt tymi opowieściami. Chciałabym, żeby czuły się u nas dobrze. – Objęła każdą z nich ramieniem i ostrożnie lecz zdecydowanie odciągnęła je od okna.

Aksel pokręcił głową.

– Ale to prawda.

– Cóż, prawda może mieć różne oblicza – stwierdziła Tulla. – A teraz prawda jest taka, że dziewczęta umierają z głodu po długiej podróży. W kuchni czekają kotlety mielone z groszkiem. Dajcie mi tylko chwilę, żeby je odgrzać. Zdążyłam już napalić w piecu.

Tulla zostawiła dziewczęta ze swoim wychowankiem. Josefine miała ochotę dowiedzieć się więcej na temat zjawy w hotelu, ale Aksel był ponownie całkowicie pochłonięty struganiem.

ROZDZIAŁ DRUGI

– Myślisz, że w hotelu naprawdę straszy? – spytała Martine kilka godzin później, kiedy leżały już w swoich łóżkach. Stojące między nimi na stoliku tulipany pachniały słodko. Z łóżek dokładnie widziały sąsiadujący z domem ciotki hotel.

– Nie, Aksel ma tylko bardzo bujną wyobraźnię – odparła Josefine.

– Sama nie wiem, w co wierzyć – westchnęła Martine. Zawsze była strachliwa i nie raz w nocy zakradała się do łóżka siostry. Żadna z nich nie mogła wciąż zapomnieć okropnego wydarzenia sprzed kilku lat, kiedy w piwnicy kamienicy natknęły się na zwłoki mężczyzny. Był to bezdomny, który skrył się w piwnicy przez mrozem. Nie było wiadomo, z jakiego powodu umarł, ale nie miały wątpliwości, że musiał tam leżeć już od wielu dni, bo smród był nie do zniesienia. Biedna Martine, która się o niego potknęła, nie była w stanie od tamtego czasu wymazać jego widoku z pamięci.

– Nie zauważyłaś, jak Tulla spoważniała, kiedy Aksel poruszył ten temat?

– Nie – skłamała Josefine. – Nic takiego nie widziałam. – Nie chciała denerwować jeszcze bardziej Martine, ale sama również zwróciła uwagę na gwałtowną zmianę na twarzy ciotki, kiedy Aksel zaczął mówić o kobiecie z pokoju 11.

– Ty też to zauważyłaś, Josefine. Nie umiesz dobrze kłamać. Pamiętaj, jestem twoją siostrą, jesteś dla mnie jak otwarta księga.

Josefine westchnęła.

– Ciotka Tulla nie chciała, żeby Aksel nas nastraszył i tyle. Ale czas już spać. Jestem tak zmęczona, że wszystko mnie boli.

Josefine przyłożyła głowę do poduszki i naciągnęła kołdrę pod samą brodę.

– Jak możesz spać, kiedy w sąsiednim budynku jest zjawa? – spytała oskarżycielskim tonem Martine.

– Nie sądzisz, że ta martwa kobieta raczej trzyma się swojego pokoju? A może wyszła nocą na spacer, żeby zaczerpnąć świeżego powietrza? Pewnie umie latać i przyleci aż tutaj, do naszego okna. Pamiętaj, żeby mnie wtedy zbudzić, nie chciałabym tego przegapić. Na pewno jest sympatycznym duchem, nie sądzisz?

– Och, przestań już! – Martine rzuciła w nią poduszką. – Jak dalej tak będziesz gadać, to wskoczę do twojego łóżka i będzie ci ciasno w nocy.

Josefine odetchnęła głęboko.

– Nie ma czegoś takiego jak duchy, Martine. Śpij już.

Odwróciła się plecami do siostry i zamknęła powieki. Bolało ją nie tylko całe ciało, okropnie szczypały ją też oczy.

– Dobranoc.

– Wiesz, Josefine, czasem jesteś okropna – stwierdziła gorzko Martine. Ale siostra nie odpowiedziała.

Choć Martine bardziej przejęła się opowieściami o duchach, po chwili spała twardo jak kamień. Josefine słyszała miarowy oddech dochodzący z sąsiedniego łóżka. Sama jednak jeszcze długo wierciła się niespokojnie. Nie była w stanie zasnąć, choć podróż wyczerpała ją doszczętnie. Nasłuchiwała wiatru tańczącego w gałęziach drzew za oknem, dudniącego o dach deszczu i odgłosów obcego domu.

Po ciężkich krokach na schodach i za drzwiami ich sypialni domyśliła się, że Aksel również poszedł się położyć. Kiedy zamknęły się za nim drzwi na końcu korytarza, po schodach weszła ciotka. Jej suknia szeleściła znajomo przy każdym kroku.

Dziwnie się tam czuła. Dom Tulli bardzo się różnił od ich mieszkania w Kristianii, które miało zaledwie jedną sypialnię. Ona i Martine spały na niewielkich tapczanach w kuchni.

Czy jest ci tam dobrze, ojcze? – pomyślała Josefine. Miała nadzieję, że zaznał spokoju w niebie, widząc, że ktoś wziął je pod opiekę.

Po bardzo długim czasie, który zdawał się wiecznością, nareszcie zdołała zasnąć. Śnił jej się wielki biały hotel z ogromnymi oknami, za którymi przechadzała się ubrana na biało kobieta.

Kiedy się obudziła, słońce już wzeszło. Nie było śladu po deszczu, a promienie słoneczne wpadały do pokoju przez kwieciste zasłony.

Josefine przeciągnęła się. Nie było jej już tak ciężko na sercu, jak każdego dnia od czasu śmierci ojca. Wiedziała dobrze dlaczego. Obawiała się przyjazdu do Drøbak i tego, że ciotka bierze je pod opiekę tylko i wyłącznie z poczucia obowiązku. Ale Tulla otoczyła je poprzedniego dnia takim ciepłem i serdecznością, że Josefine nie miała wątpliwości, iż czeka je tutaj dobre życie.

– Spójrz na fiord – powiedziała Martine. – Ale tu pięknie.

Siostra wyglądała przez okno. Koszula nocna sięgała jej już tylko do kolan. Josefine stwierdziła, że jest za krótka i najwyższy czas na nową. Martine ostatnio bardzo urosła.

Wysunęła nogi z łóżka i podeszła do okna. Widok zaparł jej dech w piesiach. Tuż przed domem rozciągał się park pełen świeżej zieleni.

Kasztanowce kołysały się lekko na wietrze. Powierzchnia fiordu połyskiwała pięknie, przy brzegu kołysały się zacumowane łódki. Statek pruł lekkie fale, zdążając w kierunku Kristianii.

– Chcesz pójść na wycieczkę do parku? – spytała Martine, posyłając siostrze pełne nadziei spojrzenie.

– Zanim Tulla się zbudzi?

– Tak, pozwólmy sobie na odrobinę szaleństwa – roześmiała się siostra.

Josefine nie kazała się długo namawiać. Wkrótce wybiegły na dwór i skierowały się do parku. Pobiegły przez trawnik wzdłuż otaczającego hotel białego ogrodzenia. Biegły lekko w swoich letnich sukienkach. W takich momentach tęsknota za ojcem stawała się możliwa do zniesienia. Wydawało im się, że mogłyby naprawdę być szczęśliwe w tym miasteczku nad fiordem, razem z ciotką Tullą i Akselem.

Pełen bujnej zieleni park Badeparken miał tyle różnych ścieżek, że nietrudno byłoby się w nim zgubić. Jedna z alejek poprowadziła je w kierunku polany tuż nad brzegiem fiordu. Na skale siedział rybak z zarzuconą do wody wędką. Musiał tam siedzieć już od dłuższego czasu, bo jego wiadro było pełne ryb. Wtem brzegiem fiordu nadbiegł chłopak, mijając rybaka capnął jedną z ryb w wiadrze i uciekł, zanim wędkarz zdążył się połapać.

– Czekaj tylko, aż cię dorwę, ty łobuzie! – zawołał, wygrażając chłopcu pięścią.

– Skręćmy w tę alejkę – szepnęła Josefine. Słyszała za plecami, jak rybak klnie pod nosem, ale najwyraźniej nie zamierzał gonić za zuchwałym złodziejem.

Dziewczęta poszły dalej, aż dotarły do polany, na której znajdował się niewielki podest wraz z wykutymi w kamieniu ławkami.

– Może urządzają tu tańce – zaciekawiła się Josefine. Nigdy nie widziała czegoś podobnego.

– Na to wygląda. Może matka tańczyła tu w młodości – zamyśliła się Martine, stawiając na podeście kilka tanecznych kroczków. – Mogę prosić panienkę do tańca? – spytała żartobliwie, kłaniając się Josefine.

– Ty głuptasie – roześmiała się siostra.

Zwiedziły dużą część parku, aż Josefine stwierdziła, że ciotka Tulla pewnie już wstała i będzie się martwić, kiedy ich nie znajdzie.

– Musimy wracać, zanim ciotka zacznie się niepokoić – powiedziała Josefine. – Później będziemy miało mnóstwo czasu, żeby zwiedzać okolicę.

Martine nie sprzeciwiła się. Pobiegły lekkim krokiem w górę wzniesienia.

Josefine mijała właśnie róg kościoła, kiedy niespodziewanie na kogoś wpadła. Zderzenie było tak silne, że straciła równowagę i poleciała do tyłu. Wyłożyła się na chodniku jak długa. To samo stało się z dziewczyną, na którą wpadła. Josefine przyjrzała się jej, zdawała się mieć tyle samo lat. Jej jasne włosy były związane w koczek, pojedyncze loczki okalały jej urodziwą twarz. Zmierzyła Josefine gniewnym spojrzeniem.

– Uważaj, jak idziesz! – powiedziała, wstając. Odzianą w rękawiczkę dłonią zaczęła strzepywać brud z białej sukienki, ale nie zdało się to na nic.

– Sama uważaj – odparła Josefine, choć dziewczyna wyraźnie pochodziła z wyższych sfer. Nie była w stanie się pohamować. Jej zdaniem obie nie były bez winy.

– Cóż za bezczelność. – Nieznajoma z oburzeniem wbiła w nią wzrok. – Kim jesteś, żeby zwracać się do mnie w taki sposób?

Podeszła tak blisko, że Josefine poczuła się niezręcznie i miała ochotę zrobić krok do tyłu. Ale zmusiła się do tego, aby nie ruszać się z miejsca.

– Nazywam się Josefine Vik – oświadczyła. – A kim ty jesteś?

– Nic mi to nie mówi – prychnęła dziewczyna. – Viktoria Strand, córka Ady i Antona Strandów, właścicieli hotelu. Ten park należy do nas.

– Viktorio!

Josefine dopiero teraz zauważyła, że dziewczyna nie jest sama. Inna młoda kobieta, niezwykle podobna do niej, stała kilka kroków dalej. Musiały być bliźniaczkami.

– O co chodzi, Emmo? – Viktoria posłała siostrze rozdrażnione spojrzenie. – To ona na mnie wpadła! Szłam spokojnie przed siebie nie przeszkadzając nikomu i nagle ona wbiegła wprost na mnie! Jak myślisz, co powie matka, kiedy zobaczy, że ubrudziłam nowiutką sukienkę?

Emma wzruszyła ramionami bez słowa. Josefine prędko się domyśliła, która z sióstr decyduje we wszystkich sprawach.

Również Martine stała w milczeniu, z przerażeniem obserwując tę gwałtowną wymianę zdań. Josefine nie miała jej tego za złe, potrafiła zadbać o własne interesy.

– Gdzie mieszkasz? – spytała Viktoria, zwracając się ponownie do Josefine.

– Jesteśmy sąsiadkami – odparła. Ku jej zadowoleniu dziewczyna osłupiała.

– Nie mów tylko, że zamieszkałyście z tą dziwaczną artystką?

Viktoria w teatralnym geście przyłożyła dłoń do czoła. – Tulla Eriksen ma nie po kolei w głowie, nie wspominając nawet o tym wariacie, który u niej mieszka.

– Moja ciotka nie jest dziwaczna, a Aksel wcale nie jest wariatem. Jest po prostu trochę inny – odparła poirytowana Josefine.

Viktoria zdumiona uniosła brew. Widocznie nie przywykła do tego, żeby ludzie zwracali się do niej w taki sposób, zwłaszcza jeśli nie pochodzili z tej samej sfery.

Szukała wyraźnie jakiejś zgryźliwej odpowiedzi, ale w tej samej chwili usłyszały czyjś głos i na ścieżce pojawił się wysoki, ciemnowłosy mężczyzna. Zatrzymał się na ich widok. Josefine domyśliła się, że jest spokrewniony z bliźniaczkami. Miał ciemne włosy i niebieskie oczy, jak siostry. Spojrzał na nią z serdecznym zaciekawieniem.

– No proszę, czyżby moje drogie siostry napotkały na swojej drodze koleżanki?

Był wyraźnie rozbawiony i patrzył prosto w oczy Josefine, która poczuła lekkie mrowienie w brzuchu

– To nie są wcale nasze koleżanki – wyjaśniła skrzywiona Viktoria. – Mieszkają u Tulli Eriksen. A ta tutaj... – Viktoria kiwnęła głową w kierunku Josefine. – Wpadła prosto na mnie. Wyobrażasz sobie?

– To tak samo jej wina – odparła poirytowana Josefine, czując, jak pąsowieje ze złości.

– Powiedz jej, czyja to wina, Emmo – poleciła wyniośle Viktoria.

Ale siostra najwyraźniej nie miała na to ochoty. Z zawstydzeniem grzebała czubkiem buta w piachu.

– Daj spokój, Vikki – westchnął młody mężczyzna. – Matka będzie wściekła, jeśli nie pojawicie się za chwilę na śniadaniu. Dostaniecie areszt domowy.

– Ależ, Kristianie, nie zamierzasz bronić honoru własnej siostry? – marudziła Viktoria.

– Nie, nie miałem na dzisiaj takich planów. Z tego, co widzę, nie grozi ci żadne niebezpieczeństwo. Najwyżej twoja duma została nieco urażona, ale jestem pewien, że na pewno szybko się pozbierasz.

Posłał łagodny uśmiech Josefine, która musiała mocno przygryźć wargę, żeby się głośno nie roześmiać.

Viktoria stała przez chwilę bez ruchu z zamkniętymi oczami. Odetchnęła głęboko, jakby musiała się zebrać w sobie, żeby nie stracić przytomności. Kiedy odzyskała nad sobą panowanie, odwróciła się do siostry.

– Chodź, Emmo, nie ma co rozmawiać z kimś spoza towarzystwa. – To powiedziawszy, odwróciła się na pięcie, wsunęła dłoń pod ramię bliźniaczki i ruszyła w kierunku hotelu z wysoko uniesioną głową.

Kristian wzruszył ramionami i pożegnał się, po czym ruszył za siostrami.

Josefine i Martine wymieniły zdumione spojrzenia.

– Ależ ona jest nadęta – stwierdziła Josefine. – Myślę, że z czasem od zadzierania nosa rozboli ją szyja.

– Może już ją boli – odparła Martine.

Josefine milczała w drodze powrotnej. Nie dlatego, że zbiło ją z tropu spotkanie z Viktorią Strand. Raczej nie mogła odpędzić od siebie dziwnego uczucia, które wywołało w niej spojrzenie Kristiana.

– Myślisz, że ta Ada Strand jest bardzo surowa? – spytała Martine, otwierając furtkę do ogrodu przy Plażowej 4.

– Jeśli jest dorosłą wersją Viktorii, to wolałabym nie napotkać jej na mojej drodze – odparła oschle Josefine.

Martine uśmiechnęła się i pobiegła ogrodową ścieżką w kierunku domu.

Josefine rzuciła okiem w kierunku hotelu. W otwartym oknie lekko falowała firanka. Za innym, zamkniętym oknem, stała ukryta częściowo za zasłoną kobieta. Josefine zdawało się, że się im przygląda. Kiedy zobaczyła, że została zauważona, szybko zniknęła w głębi pokoju.

Nieopodal, przy wejściu do hotelowego ogrodu, stała wciąż wściekła Viktoria Strand.

– Patrz, Emmo. Widzisz, co ona zrobiła z moją sukienką?

Wciąż próbowała uporczywie, acz bezskutecznie, strzepać z niej brud.

– Co ona sobie wyobraża? Przychodzi tutaj i myśli sobie, że cały park należy do niej! Do tego jest taka zuchwała. Przydałby się jej prztyczek w nos.

Viktoria, cała w nerwach, wpatrzyła się w siostrę.

Emma westchnęła ledwo słyszalnie, nic nie mówiąc. Już dawno nauczyła się milczeć w chwilach, kiedy siostra dostawała swoich napadów złości. Najmądrzej w takiej sytuacji było się nie odzywać, nawet jeśli czasem denerwowało to Viktorię jeszcze bardziej.

– Jak myślisz, co powie matka, kiedy przyjdę spóźniona i do tego w brudnej sukience? Wścieknie się na mnie – stwierdziła Viktoria. Jej wyraz twarzy zmienił się, wyglądała niemal na zmartwioną.

– Powiesz, jak było naprawdę. Zderzyłyście się niechcący. Nie ma w tym nic strasznego – westchnęła Emma.

– Nieprawda. Doskonale wiesz, że matka będzie zła. Nawet jeśli to nie była moja wina. Jestem pewna, że ta okropna dziewucha zrobiła to celowo.

Emma chciała odejść, ale Viktoria chwyciła ją za ramię.

– Mam pomysł. – Spojrzała na siostrę błagalnie, trzepocząc rzęsami. – Może zamienimy się sukienkami?

Emma spojrzała w oczy siostry. Czasem potrafiła być doprawdy bezwstydna.

– Nie, Viktorio. Dlaczego miałybyśmy to zrobić?

– Bo jestem twoją siostrą.

– Nie ma mowy. Nie zamienię się z tobą na sukienki, bo wtedy mnie dostanie się kara.

– Kochana Emmo... Nie możesz tego dla mnie zrobić? Obiecuję ci się odwdzięczyć.

– Jak niby?

– Na przykład... – Viktoria zamyśliła się. – Nie powiem matce, że widziałaś się wczoraj z Bragem Halvorsenem. Widziałam was, ale ze względu na ciebie nie wspominałam o niczym. Matka się wścieknie, kiedy się o tym dowie. Nigdy nie zgodzi się na to, żebyś spotykała się z synem rybaka.

Emma zamarła z niedowierzania.

– Spróbuj tylko – odparła po chwili, ale w jej słowach słychać było więcej lęku niż groźby.

Matka wyraźnie zakazała jej się spotykać z Bragem Halvorsenem. Ale Emma nie była w stanie dotrzymać danego słowa. Musieli więc spotykać się potajemnie.

– To jak będzie? – spytała zniecierpliwiona Viktoria.

Emma westchnęła. Nie miała wyboru. Jej siostra zazwyczaj dostawała wszystko, czego chciała.

– Niech będzie, ale tylko jeśli obiecasz, że nic nie powiesz.

– Obiecuję – uśmiechnęła się triumfalnie Viktoria.

Chwilę później, kiedy wróciły do przylegającego do hotelu mieszkania, Emma miała na sobie brudną sukienkę. I to ona otrzymała reprymendę.

ROZDZIAŁ TRZECI

Kolejny dzień przywitał ich okropnym oberwaniem chmury. Josefine obudziło stukanie otwartego okna. Na bosaka podbiegła do niego i zamknęła, zanim szyba roztrzaska się na kawałki.

Martine przeciągnęła się na łóżku.

– Myślisz, że będę musiała wstać? Tak dobrze się leży.

– Wstawaj – uśmiechnęła się Josefine i rzuciła na jej łóżko sukienkę. – Nie mieszkamy w hotelu. Musimy pracować na chleb, podobnie jak większość ludzi.

– Te bliźniaczki, które wczoraj widziałyśmy, na pewno nie muszą tego robić. Nie potrafię sobie wyobrazić Viktorii przy pracy.

– Ja również, ale one są w lepszej sytuacji niż większość ludzi.

Dziewczęta ubrały się i schodziły właśnie na śniadanie, kiedy zauważyły, że zmartwiona ciotka Tulla stoi przy drzwiach do pokoju Aksela, patrząc z niepokojem na sufit.

– Coś się stało? – spytała Josefine.

– Och, dzień dobry, dziewczęta. Mam nadzieję, że się wyspałyście. – Tulla uśmiechnęła się przelotnie i podniosła ponownie wzrok na sufit. – Obawiam się, że dach nie jest do końca szczelny. Muszę poprosić kogoś, żeby na niego zerknął.

Ustawiła na ziemi wiadro, tak żeby krople przeciekające przez dach spadały do niego, a nie na podłogę.

– Obawiam się, że naprawa będzie kosztowała fortunę. – Spojrzała na nie zmartwiona. Tulla wyjaśniła im poprzedniego dnia, że chociaż ma wielki dom, wcale nie powodzi jej się najlepiej. Dlatego obie siostry były zmuszone zapracować na swoje utrzymanie. Martine i Josefine nie miały jednak nic przeciwko temu, były nawykłe do pracy, a poza tym nie oczekiwały wcale zbytków.

– Pójdę po sąsiada, Rolfa Halvorsena i zobaczymy, co powie. Być może będę zmuszona zamówić dekarza.

– Co możemy zrobić? – spytała Josefine.

– Możecie pomóc przy szyciu – odparła ciotka. – Ale dopiero po śniadaniu. Najpierw Halvorsen, później śniadanie, a potem zabierzemy się za szycie.

Sąsiad Halvorsen i Tulla poszli oglądać dach, a w tym czasie Josefine i Martine przygotowały śniadanie.

Josefine rozejrzała się po przytulnej kuchni. Tulla postawiła na stole wazon ze świeżymi kwiatami, na parapecie stały fioletowe łubiny. Ściany ozdabiały kolorowe obrazy, prawdopodobnie dzieła ciotki.

Skończyły właśnie nakrywać do stołu, kiedy do kuchni weszła Tulla.

– Pomyślałam, że może zechcecie poznać pana Halvorsena. – Koło niej stał wysoki, niezgrabny mężczyzna. Przeczesał ręką włosy i ukłonił się lekko.

– Rolf Halvorsen – przedstawił się poważnie. Robił wrażenie człowieka, który niezbyt często się uśmiecha. – Jestem waszym sąsiadem. Mieszkam z moim synem Bragem, córką Jenny i żoną Liv.

– Pan Halvorsen ma jeszcze jedną córkę, Annę... – wtrąciła Tulla, ale Halvorsen wszedł jej w słowo.

– Jeśli chodzi o dach, pani Eriksen, można to w prosty sposób załatwić z pomocą kilku dachówek. Mogę się tym zająć, gdy jutro rano wrócę z połowu.

– Dziękuję, panie Halvorsen, chętnie skorzystam z propozycji. Dobrze będzie nie musieć się dłużej martwić o to, że niebo spadnie nam na głowy.

Tulla zaśmiała się z własnego żartu i odprowadziła sąsiada do drzwi.

Po śniadaniu poszły do salonu. Tulla siadła przy maszynie do szycia, która stała w kącie pod ścianą.

Ciotka była świetną krawcową, dzięki temu była w stanie się utrzymać. Dostała maszynę do szycia w prezencie od adoratora, podróżnika z Holandii, który się nią zauroczył. Tulla nie przyjęła jego oświadczyn ani drogiego prezentu, ale adorator obstawał przy tym, żeby chociaż zatrzymała maszynę. Dlatego teraz poza malowaniem obrazów utrzymywała się szyjąc ubrania dla mieszkańców Drøbak.

– Nie potrafię zbyt dobrze szyć – przyznała Martine. Przy robótkach ręcznych zawsze zdawało się jej, że ma dwie lewe ręce.

– Nie szkodzi – odparła Tulla. – Możecie przyszywać guziki i koronki do gotowych sukienek.

Martine ulżyło wyraźnie.

– A ja chciałabym spróbować szycia – powiedziała Josefine. – Nasza sąsiadka też miała maszynę do szycia i pozwalała mi ją pożyczać, żebym mogła załatać nasze ubrania.

– To wcale nie jest takie trudne – przyznała Tulla. – Poza tym dobrze jest umieć szyć.

Ciotka przydzieliła im zadania, a one chętnie i z zapałem zabrały się do pracy. Obawy Martine rozwiały się z czasem, a pod koniec dnia mogła się pochwalić licznymi naszytymi na sukienki i bluzki guzikami oraz koronkami.

– Patrz, Josefine. – Rozłożyła ostatnią sukienkę, którą właśnie skończyła i uśmiechnęła się, wyraźnie zadowolona.

– Bardzo ładnie – pochwaliła ją siostra. – Wszystko potrafisz zrobić, jeśli tylko chcesz. Ojciec zwykł tak mawiać i miał rację. Jeśli człowiek tylko czegoś chce, wszystko jest w stanie osiągnąć.

Martine schlebiły ogromnie te słowa, wyprostowała się zadowolona.

– Obie jesteście bardzo zdolne – powiedziała Tulla, zerkając na wiszący nad kominkiem zegar. – Wystarczy już pracy na dzisiaj. Poza tym mam jeszcze coś do załatwienia.

– Jeśli musisz coś dostarczyć, mogę cię w tym wyręczyć – zaproponowała Josefine.

– Nie, to inna sprawa – odparła Tulla, sprzątając szycie. Poszła następnie do szuflady i wyjęła list. – Niedługo wrócę.

Kiedy ciotka zamknęła za sobą drzwi wejściowe, Martine odwróciła się do siostry z tajemniczym uśmiechem na ustach.

– Myślisz, że Tulla ma jakiegoś sekretnego kochanka, któremu wysyła listy miłosne?

– Nie sądzę. – Josefine skończyła składać ubrania i położyła je w koszyku razem z innymi.

– Więc do kogo wysyła list?

– Siostrzyczko, nie ma nic osobliwego w tym, że ciotka wysyła jakiś list – zaśmiała się Josefine. – Może napisała do naszej *ukochanej* ciotki Ruth, żeby jej powiedzieć, że dotarłyśmy na miejsce.

— To mało prawdopodobne. Myślę, że Tulla doskonale wie, iż ciotka Ruth i jej rodzina mają nas w nosie. To już chyba moja wersja jest bliższa prawdy. Może wciąż nie potrafi zapomnieć o tym Holendrze?

— Czasem masz naprawdę wybujałą wyobraźnię — uśmiechnęła się Josefine.

Wyjrzała przez okno. Ciągle padało, a krople wciąż uderzały o dno wiadra. Dopiero co jedna z nich była na piętrze i wylała zgromadzoną wodę, która zebrała się w naczyniu.

— Nie wyglądał zbyt serdecznie — stwierdziła Josefine.

— Kto?

— Pan Halvorsen, który ma naprawić dach.

— Widocznie nie ma powodów do śmiechu — odparła Martine, odgryzając koniec nitki. Wciąż miała w rękach sukienkę, policzki płonęły jej z zapału do pracy.

— Używaj nożyczek, Martine. Tulli nie podobałoby się, że używasz zębów do wykańczania sukienek, które zamierza sprzedać.

— To podaj mi nożyczki, jeśli możesz. Spadły na ziemię.

Josefine schyliła się po nożyczki, które leżały obok nogi jej krzesła. Równocześnie zauważyła gazetę, która wypadła z koszyka i podniosła ją. Miała ją odłożyć, kiedy jej spojrzenie przykuł jeden z tytułów. Z zaciekawieniem przeczytała krótki artykuł.

— Najwyraźniej nie wszyscy przepadają za hotelem — stwierdziła, podając gazetę Martine.

Wygląda na to, że właścicielom hotelu w Drøbak bardziej zależy na własnym majątku, niż na zapewnieniu gościom obiecanych dobroczynnych skutków łaźni termalnych. Hotel miał pełnić rolę uzdrowiska dla chorych, tymczasem stał się miejscem uciech dla zamożnych i zdrowych.

— To straszne! — Ada Strand dramatycznym ruchem rzuciła gazetę na stół. Anton Strand w ostatniej chwili zdołał uratować filiżankę kawy przed upadkiem. Cała rodzina siedziała w jadalni przylegającego do hotelu mieszkania.

— Któż pisze o nas w tak niepochlebny sposób? Kto tak źle nam życzy?

Ada gniewnym ruchem odrzuciła głowę do tyłu, a kilka pasemek ciemnych włosów uwolniło się z misternie ułożonej fryzury i opadło na jej czoło. Odgarnęła je poirytowana i zmierzyła surowym wzrokiem wszystkich obecnych przy stole członków rodziny. Jej spojrzenie pociemniało ze złości.

Emma zauważyła, że ojciec westchnął cicho. Matka wiecznie o coś się wściekała. Ostatnio bez przerwy narzekała. Widziała, że ojcu zaczynało to doskwierać, ale starał się to jak najlepiej przed nią ukrywać.

– Nie wiem, mamo. Ktoś kto żywi wobec nas urazę? – stwierdziła Viktoria z ustami pełnymi kaszy.

– To musi być więcej niż tylko uraza – odparła matka. – Już drugi raz w tym miesiącu gazeta publikuje krytyczny artykuł o nas. Pójdę prosto do redaktora Holma i zażądam, żeby podał mi nazwisko tego zdrajcy. Chcę wiedzieć, kto jest naszym wrogiem.

Emma poruszyła się niespokojnie i wsunęła do ust kolejną łyżkę kaszy, ale jedzenie nie smakowało jej dzisiaj. Odłożyła łyżkę do miski, kiedy do jadalni wszedł dziadek.

– Co się stało? – Usiadł obok Kristiana. Emma zauważyła, że matka przybrała o wiele łagodniejszy wyraz twarzy. Zawsze tak robiła w towarzystwie dziadka.

– Popatrz! – Podała mu gazetę.

Łaźnie termalne są wielkim skandalem. Miały być miejscem leczenia chorób, uzdrowiskiem dla cierpiących. Ale obecnie stały się raczej kolejną monetą w kieszeni właścicieli hotelu.

Dziadek złożył gazetę z uśmiechem.
– To drobiazg, nie ma się czym przejmować.

Ktoś po prostu wyrzuca z siebie żółć. Musimy nauczyć się z tym jakoś żyć.

Matka otworzyła usta, żeby się sprzeciwić, ale zamknęła je ponownie. Tylko dziadek potrafi powstrzymać jej gadanie – pomyślała Emma. Był jedynym człowiekiem, do którego matka zdawała się mieć jakiś szacunek. Gdyby ojciec się tak do niej odezwał, wściekłaby się na pewno. Ale ojciec milczał. Wbił wzrok w talerz i spokojnie przeżuwał jedzenie, co chwilę popijając kawę. Emma była ciekawa, czy ojciec od czasu do czasu nie ma potrzeby wyrazić sprzeciwu. Ale ku jej zdumieniu wcale na to nie wyglądało. A przecież ojciec nie był jakimś mięczakiem, tylko zdolnym przedsiębiorcą. Choć to dziadek zbudował hotel, prawdziwe sukcesy przyszły dopiero kiedy kierownictwo przejęli matka z ojcem. Goście napływali do hotelu z dalekich stron. A od czasu, kiedy tuż nad fiordem na skraju parku zbudowano łaźnie termalne, hotel służył również jako miejsce rehabilitacji dla chorych.

– A może to pani Larsen z Reenskaug chce nam popsuć dobrą reputację i osłabić nas jako konkurencję?

W oczach matki pojawiła się ponownie iskierka. Trudno było się jej pohamować.

– Nie sądzę – stwierdził dziadek. – Co prawda mamy więcej gości niż pani Larsen, ale ona nie prowadzi w ten sposób interesów.

– Zgadzam się z dziadkiem – wtrącił Kristian, zerkając przelotnie na Emmę. Pewnie podobnie jak ona uważał, że matka ma skłonność do dramatyzowania. Podjął próbę zmiany tematu. – Wiecie, że mamy nowe sąsiadki?

Uśmiechnął się, jakby była to niezwykle istotna wiadomość. – Siostry Vik wprowadziły się do Tulli Eriksen. Viktoria i Emma już się z nimi poznały.

Rzucił psotne spojrzenie w kierunku Viktorii, która zaraz się nadąsała.

– To było wyjątkowo niemiłe spotkanie – powiedziała Viktoria. – Obie są straszliwie niewychowane. To hańba, że tacy ludzie mieszkają w tej okolicy.

– Chyba nie jest z nimi aż tak źle? – Dziadek w rozbawieniu uniósł brew.

– Ależ skąd – odparł Kristian. – Tak źle wcale nie jest. Moim zdaniem były bardzo grzeczne i proponuję zaprosić je do nas któregoś dnia.

– Co takiego? Dlaczego niby mielibyśmy robić coś podobnego? – zdumiała się Viktoria. – Nie zamierzam się z nimi zadawać.

– Odrobina serdeczności na pewno nie zaszkodzi – zauważył Kristian.

– Dobrze już, dobrze – przerwała poirytowana matka. – Przestańcie się sprzeczać! – Zamyśliła się. – Zamierzałam poprosić Tullę Larsen o uszycie sukienek dla Emmy i Viktorii na noc świętojańską w Badeparken. Wolałabym, żeby nie szyła ich pani Mort. Postarzała się, ma słaby wzrok i jej szycie na tym ucierpiało. Może to wcale nie taki zły pomysł, żeby zaprosić Tullę i jej siostrzenice na herbatę. Co o tym sądzisz, Antonie?

Ojciec podniósł wzrok znad talerza i popatrzył na żonę. Emma mogłaby przysiąc, że lekko się zarumienił.

– Tak, to dobry pomysł – odpowiedział.

Emma spojrzała na siostrę. Viktoria dąsała się, bo nikt nie chciał jej słuchać. Ona sama musiała przyznać, że cieszyła się z takiego rozwoju sytuacji. Dziewczyna napotkana w parku nieźle przygadała Viktorii. O ile dobrze pamiętała, nazywała się Josefine i była bardzo odważna. Zazwyczaj nikt nie śmiał sprzeciwiać się jej siostrze, ale ta obca dziewczyna nawet się nie zawahała. Viktoria wreszcie dostała za swoje – pomyślała Emma.

ROZDZIAŁ CZWARTY

Kilka dni później Tulla oświadczyła, że zostały zaproszone na herbatę do sąsiadów w hotelu.

– Ada Strand poprosiła, żebym uszyła sukienki dla jej córek i zaprosiła nas na godzinę czternastą. Najwyraźniej chce was poznać – wyjaśniła Tulla, biorąc kęs chleba z dżemem porzeczkowym. Josefine wyczuła, że ciotka była niezbyt zadowolona z zaproszenia, ale mimo to musiała je przyjąć.

– Tulla chyba nie za bardzo przepada za sąsiadami – powiedziała, kiedy później z siostrą przebierały się do wyjścia.

– Dlaczego tak mówisz? – zaciekawiła się Martine.

– Jeśli cała rodzina jest taka, jak Viktoria, to możesz sobie wyobrazić.

Wciąż doskonale pamiętała wyniosłe spojrzenie dziewczyny, na którą niechcący wpadła. Mówiła tak, jakby przywykła do rozstawiania wszystkich po kątach. Jakby park był jej własnością, choć tak naprawdę należał do gminy. Nie miała prawa zachowywać się w taki sposób.

– Szkoda, dobrze byłoby mieć tu nowych przyjaciół – stwierdziła Martine.

– Raczej nie znajdziemy ich wśród rodziny Strandów – odparła Josefine, zapinając ostatni guzik sukienki. – Ale Emma nie wydawała się taka straszna. Nie powiedziała ani słowa. No i ten ich brat.

– Zawstydziłaś, kiedy na ciebie spojrzał – zauważyła Martine.

Josefine odwróciła głowę. Nie chciała, żeby siostra zobaczyła rumieńce na jej policzkach.

– Ja się zawstydziłam?

Martine roześmiała się, co tylko pogorszyło sprawę.

– Przystojny mężczyzna – stwierdziła. – Trochę za stary dla mnie, ale dla ciebie...

– To ty kogoś szukasz, a nie ja – odparła poirytowana Josefine. – Nie zamierzam póki co wychodzić za mąż. To ty marzysz o takich sprawach, choć jesteś na razie o wiele za młoda.

– Aż *taka* młoda wcale nie jestem. Niedługo będę miała szesnaście lat.

– To i tak za wcześnie na zamążpójście. Ja natomiast... – Josefine sięgnęła po szczotkę do włosów. Sama nie wiedziała, dlaczego tak mówi. Nie miała najmniejszej ochoty szukać w tej chwili męża i się ustatkować. Nie powinna oddawać się takim rozmyślaniom tylko dlatego, że zobaczyła przystojnego mężczyznę. Zazwyczaj to siostra tak się zachowywała.

– Jak myślisz, dlaczego Tulla jest samotna? Czy ona nigdy nie wyszła za mąż? – Martine zabrała jej szczotkę i rozczesała swoje gęste kasztanowe włosy.

– Miała kiedyś kogoś. Pamiętam, że matka o tym opowiadała. Z jakiegoś powodu się nie pobrali. Ale była w nim zakochana. Chcesz, żebym zrobiła ci warkocz?

Martine pokiwała głową i zajęła miejsce na krześle naprzeciw owalnego lustra. Ciotka Tulla powiesiła je na ścianie dzień po ich przyjeździe. Wszystkie piękne dziewczęta potrzebują lustra – powiedziała.

– Uff, biedna Tulla. Może jej ukochany był już żonaty? – zaciekawiła się Martine.

– Być może. Albo wcale jej nie kochał. Jest taki wiersz, który o tym mówi. Jak to było? – Josefine zamyśliła się. – „Miłość boli, boli też jej brak. Ale najbardziej bolesna ze wszystkich jest miłość nieodwzajemniona."

– Nie rymuje się zbyt dobrze. Kto to napisał?

– Nie przeszkadza mi brak rymów. A teraz przestań się wiercić, bo nie wyjdzie mi warkocz. Musimy zaraz wyjść.

Kiedy już skończyła zaplatać włosy siostry, Josefine zerknęła w lustro. Próbowała zapanować nad swoimi lokami i jak najlepiej je wyprostować, ale w końcu przegrawszy tę batalię, poddała się i związała je w koczek z tyłu głowy. Po bokach twarzy zwisały drobne zakręcone loczki. W jej rozmyślaniach pojawił się ponownie brat Viktorii. Martine miała rację, kilka dni temu przyglądał się jej. Może mu się nawet spodobała? Nie mogła oprzeć się tej myśli, nawet jeśli próbowała sobie wmówić, że nic to dla niej nie znaczy. Pochodził z zamożnej rodziny, a ona nie, więc i tak nie mieli żadnych szans.

– Aksel nie idzie z nami? – spytała Josefine, kiedy spotkały się z ciotką przy drzwiach.
– Nie został zaproszony – wyjaśniła Tulla.
– Ale...
Josefine była zakłopotana.
– To nic takiego, Josefine. Aksel i tak by z nami nie poszedł. Nie przepada za Adą Strand.
– To fakt, ona nie robi najlepszego wrażenia – szepnęła Martine nieco później, kiedy szły pięknym hotelowym ogrodem. Josefine nie odpowiedziała. W głębi duszy strasznie się obawiała tej wizyty.

Kiedy weszły na posesję należącą do hotelu, przywitał ich zapierający dech w piersi widok. Siostry Vik przystanęły, nie mogąc mu się nadziwić. Przez tydzień podziwiały budowlę jedynie zza płotu i nawet w najśmielszych marzeniach nie sądziły, że z bliska będzie wyglądać jeszcze okazalej.

Hotel był białą willą w stylu szwajcarskim, z przepięknymi rzeźbieniami wzdłuż kalenicy. Bujny zielony ogród również był uroczy. Na niewielkim wzniesieniu przy dużej białej altanie kwietniki pełne kwiatów o różnych barwach i kształtach układały się w napis „Hotel Strand". Pośrodku ogrodu stała fontanna z piękną syreną, z jej wyciągniętej dłoni płynęła woda. Spływała małym strumyczkiem do baseniku, na którego powierzchni pływały białe lilie. Tu i tam przy okrągłych stolikach siedzieli hotelowi goście, rozkoszując się promieniami słońca. Siedzący nieopodal mężczyzna z gazetą podniósł wzrok znad lektury i uśmiechnął się do nich, kiedy przechodziły.

Tulla poprowadziła je szeroką ścieżką do sąsiadującego z hotelem mieszkania, gdzie powitał je kamerdyner. Zaprowadził je do ogrodu zimowego, z którego okien widok na fiord był jeszcze lepszy niż z domu ciotki.

Spotkanie z Adą Strand było bardzo osobliwym doświadczeniem. Kobieta o kruczoczarnych włosach i chłodnych niebieskich oczach mierzyła po kolei wzrokiem każdą z sióstr. Jej wzrok przykuły natychmiast ich znoszone buty. Po chwili spojrzała na Josefine, która stwierdziła, że jeszcze nigdy nie widziała równie zimnych oczu. Miała wrażenie, że Viktoria bardzo wdała się w matkę.

– Jakie ładne sukienki. Czy to ty je uszyłaś, Tullo? Nie pozwoliłabym moim córkom w takich chodzić, ale są naprawdę urocze, nie ma dwóch zdań. Jaki zabawny krój!

Tulla skrzywiła się, ale postanowiła milczeć. Viktoria uśmiechała się z wyższością, Emma milczała jak zaklęta, a Kristian podał na powitanie dłoń Josefine. Przeklęła w duchu, czując, że znowu się rumieni.

– Dzień dobry, Josefine – powiedział, przytrzymując jej dłoń dłużej niż było to konieczne.

– Dzień dobry – odparła, wysuwając dłoń z silnego uścisku. Miała wrażenie, że z niej żartował. Może był równie wyniosły jak matka, tylko w nieco inny sposób?

Jako ostatni powitał je Anton Strand, który Josefine wydał się o wiele mniej groźny niż jego żona. Był przystojnym mężczyzną, lecz nieco wstydliwym. Zdawało się, że woli trzymać się na uboczu. Niewiele mówił, chyba że ktoś zadawał mu bezpośrednio pytanie. Uwadze Josefine nie umknęły jednak spojrzenia, które posyłał ukradkiem Tulli. Było w nich coś na kształt tęsknoty.

Kiedy zajęli miejsca przy wielkim stole, do ogrodu zimowego wkroczył wysoki starszy mężczyzna.

– Przepraszam za moje spóźnienie – powiedział z uśmiechem. – Więc to są siostry Vik.

Wszyscy wstali, nawet Ada Strand, w której oczach zaszła jakaś zmiana. Nie spuszczała ich ani na moment z tego interesującego człowieka.

– Georg Strand – przywitał najpierw Martine, a następnie Josefine.

Zanim ścisnął jej dłoń, zawahał się na moment.

– Jesteś bardzo podobna do matki, panienko. Podobne rysy i takie same piękne włosy.

– Dziękuję – ukłoniła się Josefine. Jego słowa były dla niej miłe. Nie miała nic przeciwko byciu porównywaną do matki.

– Więc zamieszkałyście z Tullą? – Georg zwrócił się do ciotki, która po raz pierwszy od przybycia do hotelu uśmiechnęła się.

– To dla mnie wielka radość, że dziewczęta mieszkają ze mną. One i Aksel – dodała.

– Tak, Aksel – wtrąciła Ada. – Jak długo jeszcze musisz go niańczyć? Wiesz chyba, że będziesz przez niego miała tylko same zmartwienia?

– To nieprawda – zaprotestowała Tulla. – Jedyne moje zmartwienie z nim związane to takie, że nietolerancyjni ludzie nie potrafią zaakceptować faktu, iż nie wszyscy jesteśmy tacy sami.

Na moment w pomieszczeniu zapanowała niezręczna cisza. Ada Strand została postawiona wręcz w niemożliwej sytuacji. Z jednej strony miała potrzebę się wytłumaczyć, a z drugiej zatroszczyć o dobrą atmosferę spotkania. W sukurs przyszedł jej Georg Strand.

– Myślę, że czas napić się herbaty. Później oprowadzimy Tullę oraz dziewczęta po hotelu. To ogromny kompleks, powstał w 1881 roku. Prowadziłem go niegdyś z moją żoną, ale po jej śmierci... – Przerwał na chwilę i odetchnął głęboko. – Postanowiłem przekazać kierownictwo młodszemu pokoleniu. Mój syn Anton i jego żona Ada doskonale sobie radzą. Najlepszym przykładem są łaźnie termalne nad fiordem. Dzięki nim latem przyciągamy dwukrotnie więcej gości niż dawniej. Zimą bywa tu raczej cicho, same się o tym zresztą przekonacie.

Josefine spojrzała w kierunku opisywanego przez niego budynku. Wraz z Martine przechodziły obok zaledwie poprzedniego dnia.

Usiedli ponownie przy stole, a Georg Strand kontynuował swoją opowieść. Josefine przyjrzała mu się. Był przystojnym mężczyzną. Jego włosy wciąż były ciemne, posiwiałe jedynie przy skroniach. Brązowe oczy promieniały, kiedy opowiadał o historii hotelu, zabawnych wydarzeniach i nietypowych gościach, którzy na zawsze zapadli mu w pamięci. A pamięć musiał mieć doprawdy doskonałą, bo opowiadał niezwykle żywo i szczegółowo, aż miło było go słuchać.

Równocześnie nie zapomniał zapytać, jak powodziło się dziewczętom. Pytał o ich ojca i dawne życie. Był niezwykle miłym człowiekiem i gdyby nie jego obecność, atmosfera przy stole byłaby nie do zniesienia.

Tulla była mniej rozmowna niż zazwyczaj. Robiła się uważna za każdym razem, gdy konwersacja schodziła na rodziców dziewcząt i w zręczny sposób starała się wtedy zmienić temat. Josefine uważała to za lekką przesadę, ale nie przejmowała się tym zbytnio. Jej myśli pochłaniała całkowicie postać siedzącego naprzeciw niej młodego mężczyzny. Zauważyła, że również jego spojrzenie raz po raz wędruje ku niej.

Josefine Vik – upomniała się w myślach. *Nie daj się owinąć wokół palca synowi Ady Strand. Będą z tego tylko kłopoty.*

Później zostały oprowadzone po hotelu, który coraz bardziej zachwycał Josefine. Sufity ozdobione były pięknymi rzeźbieniami, czerwone dywany tworzyły przyjazną atmosferę. Na półpiętrze stał rzeźba syreny, całkiem niepodobna do tej w fontannie.

Ada Strand opowiedziała, jak zamówiła ją z Ameryki i jak ciężką podróż musiała przetrwać, całkiem jakby mówiła o żywej osobie. Była z niej dumna i było widać, że rzeźba musiała być warta majątek. Ada Strand miała kosztowne gusta.

Kiedy weszły na piętro, Ada wyjęła z kieszonki klucz i otworzyła drzwi jednego z pokojów, żeby mogły zajrzeć do środka. Niespodziewanie stała się niezwykle serdeczna. Josefine sądziła, że oprowadzała je po hotelu tylko po to, żeby udowodnić im, jak dobrze im się wiedzie. Georg od czasu do czasu wtrącał jakiś wesoły komentarz. Anton był równie milczący jak podczas poczęstunku w ogrodzie zimowym. Kiedy dotarli do pokoju numer 11, Martine odważyła się w końcu odezwać.

– Proszę opowiedzieć o legendzie – poprosiła. – Zginęła tu kobieta, prawda?

Zapadła głucha cisza. Ada Strand zacisnęła zęby i zmierzyła wzrokiem Martine. Zawstydzona dziewczyna wbiła wzrok w podłogę. Przez chwilę długą jak cała wieczność panowała cisza. Co gorsza, Emma niespodziewanie pobladła, była biała jak ściana...

ROZDZIAŁ PIĄTY

Jako pierwszy odezwał się Georg Strand.
– To było tragiczne wydarzenie, szok dla nas wszystkich. Dlatego niechętnie o tym rozmawiamy. Poza tym fakt, że kiedyś doszło tu do morderstwa, szkodzi dobremu imieniu hotelu. Wiele osób twierdzi, że jest nawiedzony.

Próbował robić dobrą minę do złej gry, ale dobry nastrój przepadł. Zerknął na Tullę, po czym objął ramieniem Emmę.

– Co powiecie na migdałowy budyń Olgi? Nikt nie robi takiego dobrego budyniu. Chodźmy do kuchni zobaczyć, czy jeszcze coś z niego zostało. Będzie dzisiaj podawany gościom na deser, ale jeśli dobrze znam Olgę, zrobiła go trochę więcej.

Po przepysznym budyniu migdałowym Olgi, Tulla postanowiła zakończyć wizytę.
– Było nam bardzo miło – powiedziała, wyciągając niechętnie dłoń do Ady Strand. – Wpadnę jutro, żeby zdjąć miarę z dziewcząt.

– Mam nadzieję, że sukienki szybko będą gotowe – odparła równie oschle Ada.

– Zobaczymy, co da się zrobić. Muszę najpierw przygotować inne zamówienie, ale teraz mam bardzo zdolne dziewczęta do pomocy... – Posłała Josefine i Martine uśmiech. – Sukienki na pewno będą gotowe w mgnieniu oka.

– To dobrze – ucięła krótko Ada Strand. Josefine domyśliła się, że kobieta najchętniej powierzyłaby zadanie komuś innemu, gdyby tylko miała wybór. Ale najwyraźniej wiedziała doskonale, że nikt nie może się równać z Tullą pod względem talentu.

– Jesteście tu oczywiście zawsze mile widziane – zapewnił je Georg.

Również Kristian posłał im uśmiech. Josefine czuła jego wzrok na plecach, kiedy szły ogrodem w kierunku bramy.

– Uff, nie powinnam była pytać o legendę. Wszystko zepsułam – stwierdziła zrozpaczona Martine.

– Nic nie zepsułaś – pocieszyła ją Tulla. – Po prostu od wielu lat wszyscy starają się zamieść pod dywan sprawę morderstwa w hotelu.

– Kim była ta kobieta? Co się właściwie stało? – zaciekawiła się Josefine, ale szybko pożałowała pytania, widząc pełen zakłopotania wyraz twarzy ciotki.

– Obiecuję, że opowiem wam wszystko, kiedy przyjdzie odpowiednia pora. Ale na razie wolałabym zostawić ten temat w spokoju.

Uśmiechnęła się, próbując rozweselić nieco atmosferę.

– Pora na odrobinę przyjemności. Zrobiłam kompot z rabarbaru wyhodowanego w moim własnym ogródku. I żeby nie było wątpliwości, robię najlepszy kompot w mieście!

– Nie mogę się doczekać. – Martine z miejsca poweselała. – Ale nie wiem, czy jeszcze coś zmieszczę po tym budyniu migdałowym.

– Tak, Olga doskonale gotuje – przyznała Tulla. – Nie ma tu nikogo lepszego od niej.

Josefine nie odezwała się. Nie opuszczał jej dziwny niepokój i nie mogła zapomnieć pobladłej twarzy Emmy. Dlaczego tak zareagowała? Czyżby wiedziała coś na temat morderstwa?

Była piękna pogoda. Emma usadowiła się na dużej huśtawce ustawionej na tyłach hotelu. Była nieco ukryta między drzewami od strony ich mieszkania, więc goście hotelowi rzadko tam zachodzili. Przychodziła tu zawsze, ilekroć chciała być sama. Mogła tu spokojnie pogrążyć się we własnych myślach.

Przez otwarte okno dobiegał z hotelu śpiew kobiety, któremu wtórował radosny śmiech dziecka. W innym miejscu rozległ się donośny śmiech, który przerwał monotonne bzyczenie pszczół i szum płynących po fiordzie łodzi.

Letni dzień przepełniony był przyjemnymi dla ucha odgłosami, ale Emma mimo to źle się czuła. Zupełnie jakby podświadomość próbowała jej coś powiedzieć. Coś, o czym starała się z całej siły zapomnieć. Była w pokoju numer 11, kiedy kobieta została zabita. Widziała na własne oczy ją oraz mordercę.

Czasami zdawało jej się, że zdarzenie, którego była świadkiem, było tylko złym snem. Miała wręcz taką nadzieję. Ale prawda przychodziła do niej zawsze przez jakieś przypadkowo zasłyszane zdanie albo pytanie, wpędzając ją w okropny nastrój. Tak samo stało się i tego dnia.

Na tyle, na ile było to możliwe, unikała okolic pokoju 11. Prawie nigdy nie wchodziła na to piętro, chyba że szła właśnie do pokoju dziadka.

Była głęboko poruszona, drżała na całym ciele. Tym razem jednak coś było inaczej. Nie tylko samo pytanie Martine wytrąciło ją z równowagi, chodziło o coś innego. Kiedy spojrzała w oczy jej siostry, Josefine, zrobiło jej się nagle słabo. Miała nieodparte wrażenie, że należą do kogoś innego. Do kobiety, którą dawno temu widziała i którą tak bardzo chciała zapomnieć...

Po południu zaczęło znowu padać. To było istne oberwanie chmury.

Aksel strugał jak zwykle przy stole. Josefine nie pojmowała, jak ciotce Tulli mogą nie przeszkadzać trociny sypiące się bez przerwy na podłogę i walające się po całym salonie.

Martine zajęta była robótką ręczną, której od dłuższego czasu nie była w stanie zakończyć. Haftowanie nie należało do jej najsilniejszych stron. Co chwilę robiła błędy i musiała wszystko pruć. Ale siostra była cierpliwa i nie zrażała się.

Josefine siedziała przy stole koło Aksela i przyglądała się jego struganiu. Było to fascynujące. Jego potężne dłonie tworzyły przepiękne, delikatne postacie, nigdy nie widziała czegoś podobnego. Kolekcja chłopaka bardzo się rozrosła. Większość figurek Tulla ustawiała na półce nad piecem w kuchni. Te, dla których zabrakło miejsca, rozstawione były na półeczkach w korytarzu lub przy schodach.

– Ta figurka jest dla ciebie – odezwał się nagle Aksel.

– Dla mnie? – ucieszyła się Josefine. – Jak miło.

– Wystrugam też jedną dla Martine, bo jesteście dla mnie takie dobre.

Jego oczy posmutniały na moment, po czym skoncentrował się ponownie na kawałku drewna. Aksel był na różne sposoby inny niż reszta ludzi, ale miał też uczucia i było mu przykro, kiedy ludzie byli wobec niego nieserdeczni, a przecież nie potrafiłby skrzywdzić nawet muchy.

Tulla siedziała przy stoliku do szycia, obok niej na podłodze piętrzył się stos materiałów. Wykańczała powoli różową sukienkę zamówioną przez Knuta Jegera, miejscowego lensmanna. Zamierzał podarować ją córce na osiemnaste urodziny. Tulla kończyła właśnie przyszywać rządek haftowanych kwiatów do brzegu sukni, kiedy podniosła wzrok na Josefine.

– Czy mogłabyś podać mi nożyczki? Są chyba w niebieskiej komodzie w korytarzu. Przynieś te najmniejsze.

Josefine wstała i wyszła do holu. Pod wielkim lustrem stała komoda.

Otworzyła górną szufladę. Były w niej różne wycinki z gazet i inne dokumenty. Obejrzała je przelotnie z zaciekawieniem. Czy aby na pewno o tę komodę chodziło Tulli? Miała już zasunąć szufladę, kiedy coś przykuło jej uwagę.

Drżącą dłonią podniosła jeden z wycinków i zaczęła czytać.

Zabita w hotelu kobieta to aktorka Signe Vik. Została zamordowana w bestialski sposób ciosem nożem do listów, wymierzonym prosto w pierś. Morderca wciąż pozostaje na wolności.

ROZDZIAŁ SZÓSTY

– Powiedziałam, że masz szukać w niebieskiej komodzie – powiedziała głucho ciotka Tulla.

Josefine zerwała się. Nie zauważyła, kiedy ciotka stanęła za jej plecami. Przez chwilę nie wiedziała, co ze sobą począć. W pierwszej chwili próbowała ukryć wycinek i udawać, że nic się nie stało, ale kiedy się odwróciła i spojrzała w oczy ciotki, pojęła, że na to już za późno.

– Co to jest? – Wyciągnęła kawałek gazety w kierunku ciotki, która nie spuszczała z niej wzroku. Na pewno znała treść artykułu na pamięć. – Sądziłam, że matkę stratował koń – powiedziała urażona.

– To wasz ojciec i jego rodzina postanowili opowiedzieć wam taką historię. Prawda wygląda jednak inaczej.

Ciarki przebiegły po plecach Josefine.

– Więc to tak zginęła matka. Została zamordowana?

Josefine słyszała, jak wątle brzmiał teraz jej głos. Była w szoku, to wszystko było tak nierealne.

Tulla westchnęła i usiadła na krześle obok komody.

– Była tu, w Drøbak? – dopytywała z niedowierzaniem Josefine.

Ciotka spojrzała na nią współczująco.

– Tak. Była tutaj. To się wydarzyło nieopodal. W hotelu przy plaży, w pokoju numer 11 – odparła gorzko. – Co gorsza, z tym pokojem wiąże się pewna legenda. Podobno artystka Oline Bøe zginęła tam dokładnie w ten sam sposób. Miało się to wydarzyć zaledwie kilka lat po tym, jak hotel został wybudowany. Drzwi do pokoju 11 zawsze są zamknięte, nikt tam już nie nocuje. Mówi się, że przebywanie tam przynosi nieszczęście. Ale nigdy nie dowiedziałam się, czy to tylko legenda, czy miało to miejsce naprawdę.

Przerwała na chwilę, westchnęła, po czym podjęła wątek.

– Teraz może już rozumiesz, dlaczego zapadła taka cisza, kiedy Martine zaczęła pytać o tę sprawę?

Josefine czuła, jak unoszą się włoski na jej ramionach. Więc to o ich matce mówił Aksel, kiedy przybyły do domu ciotki. To dlatego Tulla zachowywała się tak dziwnie.

– Ale dlaczego ona tam była?

– Ach, gdybym tylko wiedziała. – Tulla podrapała się w czoło. Wyjrzała przez okno na ulicę, którą przejeżdżała właśnie furmanka. Po chwili zwróciła się ponownie do Josefine. – Wasza matka grała rolę w przedstawieniu wystawianym latem na scenie w Badeparken. To dlatego przyjechała do Drøbak. Ale nigdy się nie dowiedziałam, co zaprowadziło ją do hotelu. Miała nocować u mnie, ale nigdy tu nie dotarła. Zaniepokoiłam się, kiedy następnego dnia wstałam, a twojej matki wciąż nie było. Kilka godzin później dotarła do mnie ta straszna wiadomość.

Tulla potarła zmęczone oczy.

– Zrobiłam wszystko, co w mojej mocy, żeby dowiedzieć się prawdy. Ale przez te wszystkie lata nie udało mi się rozwikłać zagadki. Morderca nigdy nie został odnaleziony. W końcu przestałam szukać i spróbowałam pogodzić się z myślą, że nigdy nie odkryję prawdy o śmierci siostry. Wydaje mi się, że to musiał być ktoś przejezdny. Poznała go może tamtego wieczoru i wróciła z nim do hotelu. Minęło już dziesięć lat, a sprawa została dawno zapomniana w biurze lensmanna.

Josefine była zbyt wstrząśnięta, by cokolwiek powiedzieć. Nogi uginały się pod nią i czuła się jak odrętwiała.

– Przykro mi, że dowiedziałaś się w taki sposób – powiedziała Tulla. – Powinnam była wam o wszystkim powiedzieć, kiedy tu przyjechałyście. Przepraszam.

Podeszła do Josefine i pogładziła jej policzek.

– Ale teraz obiecaj, że nie będziesz się tym dłużej zamartwiać. Opowiem sama Martine o wszystkim. Lepsze to, niż gdyby miała dowiedzieć się od kogoś przypadkiem. Mieszkańcy Drøbak nigdy nie zapomnieli, co się wtedy stało. Nawet jeśli musieli się pogodzić z faktem, że najpewniej nigdy nie dowiemy się całej prawdy o tamtym zdarzeniu.

– To okropne – odparła Josefine, ocierając łzy. Myśl, że ich matka została zamordowana, była nie do zniesienia. Jak to możliwe, że ktoś tak bardzo ją nienawidził?

– Tak, to straszne – przyznała Tulla, otaczając ją ramionami. Przytuliła mocno i pozwoliła się wypłakać.

Tego wieczora Josefine znowu nie mogła zasnąć. Leżała długo, nasłuchując odgłosów dobiegających z parku. Grupka głośnych wczasowiczów zebrała się przy fontannie, kobiety śmiały się donośnie. Był to radosny śmiech, najwyraźniej dobrze się bawiły. Ale ona nie była w stanie zaznać żadnej radości.

W sąsiednim łóżku Martine już dawno zasnęła. Tulla opowiedziała jej bardzo ostrożnie o tym, co się wydarzyło, a siostra przyjęła informację z zaskakującym spokojem.

– Ona i tak nie żyje, to niczego nie zmienia – westchnęła tylko.

Josefine jednak czuła się całkowicie otępiała. Nie potrafiła wyobrazić sobie gorszej śmierci, niż przez cios zimnego ostrza prosto w serce. Czy matka wiedziała, że umiera? Czy zdążyła się przestraszyć? Miała nadzieję, że nie. Okropnie byłoby myśleć o tym, że matka cierpiała i bała się w swoich ostatnich chwilach.

Przez okno widziała wieżyczki na dachu hotelu i powiewającą na wietrze flagę.

Kto zabił matkę i dlaczego? Czy kiedykolwiek się tego dowiedzą? Zamknęła oczy, nieświadoma tego, że nieopodal, w hotelowym pokoju numer 11, poruszyła się czerwona zasłona...

ROZDZIAŁ SIÓDMY

Rankiem następnego dnia Tulla przyszła do ich sypialni. Szeleszcząc spódnicą podeszła do okna i rozsunęła zasłony. Uchyliła jedno z okien, wpuszczając do pokoju świeże poranne powietrze.

– Uwielbiam zapach zwilżonej rosą trawy – oświadczyła, po czym odwróciła się do dziewcząt i klasnęła w dłonie. – Wstawajcie już. Ten letni dzień jest zbyt piękny, żeby go przespać.

Wsunęła dłoń do kieszeni fartucha i wyjęła z niego kawałek papieru, którym zamachała wesoło.

– Dokładnie za miesiąc w Badeparken odbędą obchody nocy świętojańskiej. Wszyscy mieszkańcy Drøbak będą obecni. Dlatego postanowiłam, że po śniadaniu pójdziemy razem do sklepiku i wybierzemy dla was materiały na nowe sukienki.

– Ale przecież mamy już sukienki – odparła Josefine. – Nie musisz nam szyć nowych.

– Ja też mogę poczekać na nową – zgodziła się Martine, opuszczając stopy na podłogę. Ziewnęła i ruchem głowy odrzuciła warkocz na plecy.

– Wasze sukienki są dobre do noszenia na co dzień – wyjaśniła z uśmiechem Tulla. – Ale w żadnym wypadku nie nadają się na przyjęcia. Będziecie potrzebowały odświętnych strojów. Wigilia świętego Jana w Badeparken to największe wydarzenie w roku. Ludzie przyjeżdżają specjalnie z daleka, nawet z samej Kristianii, żeby potańczyć i się zabawić. Nad fiordem rozpalane jest zawsze ogromne ognisko, a na scenie przygrywa orkiestra.

Tulla rozmarzyła się i zrobiła kilka tanecznych kroków.

– Jestem pewna, że przystojni kawalerowie będą się ustawiać w kolejce, żeby tylko móc z wami zatańczyć. Ale to muszą być grzeczni, wykształceni mężczyźni, inaczej ich pogonię.

Martine roześmiała się.

– To brzmi wspaniale. Prawda, Josefine?

– Tak – odparła krótko Josefine, odsuwając na bok kołdrę. Podejrzewała, że Tulla próbuje je pocieszyć po wczorajszej rozmowie. I być może by jej się to udało, gdyby tylko były w stanie zapomnieć, że na tej samej scenie matka spędziła ostatnie godziny swego życia. Słowa niewielkiego artykułu gazety wypaliły się w pamięci Josefine, nie mogła przestać o nim myśleć.

Cieszyła się, że siostra zniosła wiadomość o brutalnej śmierci matki z takim spokojem, ale równocześnie było jej z tego powodu trochę przykro. Może jednak nie powinna się dziwić, Martine była w końcu młodsza, a jej wspomnienia związane z matką nie były równie intensywne.

– Na pewno będzie wesoło – dodała.

Tulla usiadła na brzegu łóżka i pocieszająco objęła ją ramieniem.

– Twoja matka na pewno by chciała, żebyś tańczyła, śmiała się i była szczęśliwa. To, co się wydarzyło, jest ogromną tragedią, o której nigdy nie zdołam zapomnieć. Ale życie biegnie dalej swoim torem. Jesteś jeszcze młoda, Josefine. Twoje życie powinna przepełniać radość. Otrzyj już łzy, moja droga i spróbuj pomyśleć o tym, jak ma wyglądać twoja nowa sukienka. Możesz mieć wszystko, co sobie wymarzysz. Tymczasem dostałam nowe zlecenie od sędziego. Mam uszyć ubrania na zimę dla całej jego rodziny, więc przez jakiś czas będziemy miały pełne ręce roboty.

Josefine zmusiła się do skierowania myśli na inne tory, ale nie było to wcale takie proste.

Mimo to po śniadaniu wraz z Martine podążyły za ciotką ulicą Plażową, mijając kościół i skręcając w ulicę Wielką. Wyprostowana dumnie Tulla pozdrawiała mijanych przechodniów. Josefine zauważyła, że wiele osób wita się z ciotką. Wszystko wskazywało na to, że była w mieście szanowana i lubiana.

Minęły boisko, na którym grupa chłopców grała w piłkę. Przy sklepie rybnym siedziała kobieta, która na widok Tulli uśmiechnęła się i pomachała do niej. Ciotka zatrzymała się i przedstawiła Josefine oraz Martine. Malla Monsen powitała je promiennym uśmiechem.

Josefine rozejrzała się po niewielkim ryneczku, który mieścił wiele różnych sklepików. Była tam piekarnia, apteka, zegarmistrz oraz niewielki sklep. Nieco dalej znajdował się budynek szkoły mieszczańskiej, a obok apteki szkoła publiczna.

Rynek tętnił życiem. Ludzie bez pośpiechu załatwiali swoje sprawy i zdawali się spokojniejsi niż w Kristianii. Zatrzymywali się chętnie, aby porozmawiać ze znajomymi, po czym wracali do swoich spraw. Jakiś chłopak krążył po rynku, sprzedając gazety.

– Kto chce dzisiejszą gazetę? – wołał.

Starszy mężczyzna strzepnął cygaro i przywołał chłopaka. Wsunął mu do ręki monetę w zamian za najświeższe wydanie wiadomości.

Wtem uwagę Josefine przyciągnęła młoda kobieta, przemierzająca w pośpiechu rynek. Była niezwykle piękna, miała długie jasne włosy. Tuliła do siebie mocno jakieś zawiniątko. Wyglądało na to, jakby starała się ominąć szerokim łukiem niewielką grupę kobiet zebranych przy pompie. Ich komentarze były bezlitosne.

– Patrzcie, idzie ta ladacznica ze swoim bachorem. Ciekawe, kto jest ojcem. – Okrutny śmiech jednej z kobiet dotknąłby każdego. Równie dobrze mogłaby uderzyć ją w twarz – pomyślała Josefine.

– Pewnie sama nie wie – zawtórowała jej inna. – Podobno jest łatwa, zarabia w ten sposób na życie.

– Biedaczka – szepnęła Martine. Tulla również się odwróciła.

– To Anna – wyjaśniła ponuro. – Córka Rolfa Halvorsena. Odwrócił się od niej, kiedy zaszła w ciążę bez ślubu.

Malla Monsen z pogardą spojrzała w kierunku grupy kobiet.

– Powinny przestać ją dręczyć i zająć się lepiej praniem własnych brudów. Weźmy na przykład Jenny Jeger, tę w zielonym kapeluszu. Jest największą plotkarą z nich, chociaż jej mąż to lensmann, największy kobieciarz w mieście. Jeśli to kiedyś wyjdzie na jaw, będzie miała za swoje.

– Anna nie ma męża ani obrączki na palcu – wyjaśniła Tulla. – Szczególnie to drugie zdaje się być jej największym przewinieniem. Miejscowych plotkarzy najbardziej chyba jednak kłuje w oczy fakt, że ojciec dziecka nie jest znany. Nikt nic nie wie, ale to nie powstrzymuje ich przed mieleniem ozorami.

Znad fiordu nadleciał silniejszy powiew wiatru, a Anna przytuliła mocniej dziecko. Po chwili zniknęła w bocznej uliczce, umykając przez pogardliwymi spojrzeniami.

Tulla pożegnała się z Mallą i poprowadziła dziewczęta przez rynek do sklepiku. Był to wąski, żółty domek, którego dach wieńczyła wieżyczka.

– Sklep Solvika – powiedziała Tulla. – Jørgen Solvik przejął sklepik po ojcu, który przed kilkoma laty umarł na zawał. Jest poza tym właścicielem domu handlowego i dwóch statków. Uważany jest za najpotężniejszego kawalera w całym mieście.

Martine mrugnęła do niej. Josefine przeczuwała, co myśli siostra.

Kandydat na męża...

Dzwonek nad drzwiami zabrzęczał, kiedy weszły do sklepu pełnego najróżniejszych towarów. Można było tam znaleźć tytoń, fajki, cygarniczki, ubrania i buty, przybory do wędkowania, kawę, cukier, artykuły spożywcze i wiele innych rzeczy. Za ladą stał Jørgen Solvik. Wysoki i ciemnowłosy elegancki mężczyzna miał na sobie białą koszulę i kamizelkę.

Po drugiej stronie lady stała kobieta w kapeluszu z szerokim rondem i białej jedwabnej sukience. Josefine natychmiast ją rozpoznała. To była Ada Strand.

– Oczekuję pana zatem na przyjęciu, panie Solvik – trajkotała.

– Może pani na mnie liczyć – odpowiedział mężczyzna za ladą. – To zaszczyt być zaproszonym do hotelu przy plaży. Na pewno mnie tam nie zabraknie.

– Wspaniale. Proszę koniecznie włożyć wygodne buty, bo moje córki nie mogą się wprost doczekać, żeby z panem zatańczyć. Wiem doskonale, że jest pan wybornym tancerzem, panie Solvik.

– Proszę nie wierzyć plotkom, pani Strand. Obawiam się, że to wielka przesada.

– Bzdura, niech pan nie będzie taki skromny, panie Solvik. Będę się czuła urażona, jeśli pod koniec wieczoru pana buty do tańca nie będą miały zdartych podeszew.

– Będę się starał – uśmiechnął się Jørgen.

– Słyszycie to trajkotanie? – szepnęła poirytowana Tulla. – Pewnie będzie próbowała wmusić temu biednemu człowiekowi którąś ze swoich córek. Mam nadzieję, że Jørgen Solvik zdoła jej odmówić.

Ada wyraźnie dopięła swego. Odwróciła się zadowolona, niechętnie pozdrowiła skinieniem głowy Tullę, po czym opuściła sklepik.

Tulla podeszła do lady i powitała wesoło ciemnowłosego mężczyznę.

– Dzień dobry, pani Eriksen – odparł, przyglądając się z zainteresowaniem Josefine i Martine. – Więc to są pani siostrzenice? Cóż, wie pani, plotki szybko się rozchodzą. Nie słyszałem natomiast, że te młode damy są aż takie piękne... – Uśmiechnął się, a jego wzrok spoczął na Martine.

Dziewczyna zarumieniła się i ukłoniła głęboko, aż Josefine musiała ją szturchnąć, żeby się ponownie wyprostowała.

– Dziękuję, jest pan bardzo uprzejmy.

– To nie uprzejmość, to najzwyczajniejsza prawda. – Mrugnął do niej, a Martine spąsowiała jeszcze bardziej.

Rozmowa zaczynała się robić niezręczna, gdy nagle przerwał ją straszny łomot za ich plecami.

Wszyscy zamarli na moment, po czym odwrócili się. Ich oczom ukazał się zdumiewający widok. Chudy mężczyzna leżał na ziemi, a na niego zwalił się cały regał z kapeluszami. Widok ten był tak komiczny, że dziewczęta zachichotały.

Przestały natychmiast, widząc wyraz twarzy Jørgena Solvika. Radosny uśmiech zniknął z niej na dobre.

– Przepraszam na chwilę – powiedział, wychodząc zza lady i ruszył ku pechowcowi. – Co tu robisz, Pederze? Mówiłem ci już, że nie chcę cię tu widzieć. Nie masz tu czego szukać do czasu, aż spłacisz swój dług.

Mężczyzna, gramoląc się spod regału, mruknął coś pod nosem.

– Jesteś żałosny, wiesz o tym? – stwierdził Jørgen Solvik, wyciągając go spod sterty kapeluszy w różnych fasonach i pomagając mu stanąć na nogi. Następnie wsunął dłoń do kieszeni jego kurtki i wyłowił z niej paczkę tytoniu. – Następnym razem zgłoszę cię lensmannowi.

Peder Mørk nie odpowiedział. Przez chwilę jeszcze chwiał się w miejscu, po czym bez słowa opuścił sklep.

– Jaki ojciec, taki syn – stwierdził gorzko Jørgen Solvik. – Jego ojciec zapił się na śmierć, kiedy Peder był jeszcze dzieckiem. Co za nieszczęśnik. Wszystko wskazuje na to, że jego dzieci czeka podobny los. – Pokręcił głową.

Ustawił ponownie na miejscu regał, a Tulla i dziewczęta pomogły mu układać kapelusze.

– Dziękuję, to bardzo miłe z waszej strony – powiedział Jørgen. – Przykro mi, że musiałyście być świadkami tego zdarzenia.

– To nie pana wina – zapewniła Tulla. – Nie odpowiada pan za zachowanie klientów.

– To prawda – przyznał z uśmiechem. – Ale w czym właściwie mogę paniom dzisiaj służyć?

Tulla wyjaśniła, po co przyszły, a Jørgen Solvik prędko wyłożył na ladzie bele materiałów do wyboru.

– Tak, noc świętojańska. Podobno ma grać orkiestra z Kristianii. Słyszałem, że są doskonali i mnóstwo osób wybiera się, żeby ich posłuchać. Sam nie jestem zbyt dobrym tancerzem, muszę to przyznać. Nawet jeśli Ada Strand twierdzi inaczej.

– Jestem pewna, że przemawia przez pana jedynie skromność, panie Solvik – stwierdziła przyjaźnie Tulla. – Potrafi pan całkiem dobrze tańczyć, widziałam na własne oczy.

Jørgen uniósł brew, w końcu roześmiał się.

– Nic pani nie umknie. Ale ma pani rację, pani Eriksen, trening czyni mistrza. Mam nadzieję, że w trakcie zabawy w Badeparken zaszczyci mnie pani tańcem. Podobnie jak pani siostrzenice.

Spojrzał ponownie na Martine, która aż się rozpromieniła. Josefine musiała szturchnąć siostrę, żeby się opanowała. Czuła, że będzie musiała zamienić z nią parę słów, kiedy wrócą do domu. Takie zachowanie było niestosowne...

Jak się okazało, Josefine nie musiała wcale czekać na powrót do domu. Kiedy po zakupach usiadły na ławce na rynku z zakupionymi przez Tullę w piekarni bułkami, sama ciotka podjęła temat.

– Jørgen Solvik to pod wieloma względami imponujący człowiek, do tego jest niezwykle zamożny. Ale potrafi też być bezwzględny. Po tym, jak zeszłej zimy o mało nie doszło do tragedii, wielu krytykowało go za to, że zbyt pobieżnie kontroluje swoje statki. Bryg w drodze do Skagen zaczął nabierać wody i mogło się to wszystko źle skończyć dla wielu marynarzy. Na szczęście w ostatniej chwili zostali uratowani przez holenderski frachtowiec, który wziął wszystkich na pokład, zanim statek poszedł na dno.

Martine przestała jeść, wlepiła w Tullę przerażone spojrzenie. Dopiero po chwili odzyskała mowę.

– Jestem pewna, że pan Solvik zniósł to najciężej ze wszystkich – stwierdziła smutno.

– Po prostu mówię, jak jest. Chcę, żebyście znały prawdę.

Tulla wgryzła się w bułeczkę. Jej usta były białe od cukru pudru, kiedy przeszedł obok nich Anton Strand. Zauważywszy je, uniósł kapelusz i przywitał się.

– Dzień dobry – powiedział do dziewcząt, po czym spojrzał na Tullę.

– Dzień dobry – odparła krótko, bardziej zajęta bułką niż jego obecnością. Było widać, że sąsiad szuka odpowiednich słów, ale nie był tak biegły w konwersacji jak jego żona.

– Masz cukier puder na twarzy – szepnęła do ciotki Josefine.

– Co takiego? – Tulla odwróciła się do niej, ponownie gryząc bułkę.

– Twoja twarz – powtórzyła nieco głośniej Josefine, spoglądając równocześnie przepraszająco na Antona Stranda.

Mężczyzna poweselał, jego twarz rozluźniła się w uśmiechu. Wyjął z chustkę i podał ją Tulli.

– Proszę ją zatrzymać – powiedział, po czym ruszył dalej przed siebie.

– Zatrzymać? – prychnęła Tulla, kiedy się oddalił. – Wypiorę ją i oddam, niech mu się nie wydaje.

Wzięła do ust resztkę bułki, a następnie wytarła się chustką. Josefine i Martine wymieniły ukradkowe spojrzenia, po czym obie nagle wybuchnęły śmiechem.

Tulla potrafiła czasem być naprawdę niezdarna. Zamiast zetrzeć cukier puder, jeszcze bardziej rozmazała go po twarzy.

– Dobrze już – powiedziała ciotka, wstając. Podeszła do pompy i umyła twarz wodą. Wytarła ją następnie do sucha podarowaną chustką.

– No, ładnie. Gdyby to była Ada Strand albo żona lensmanna, to chyba zapadłabym się pod ziemię ze wstydu.

– Dlaczego nie lubisz Antona Stranda? – spytała w drodze do domu Josefine.

– Nie chodzi o lubienie... Uważam po prostu, że jest tchórzem – odparła z pogardą Tulla, ucinając rozmowę.

Wróciły na ulicę Plażową z torbami pełnymi pięknych materiałów. Na schodach domu czekała na nich Anna Halvorsen.

– Dzień dobry – powiedziała, wstając. Josefine zauważyła jasne loczki wystające z trzymanego przez nią w ramionach zawiniątka.

Anna ukłoniła się grzecznie dziewczętom, ale widać było po niej nieufność. Josefine nie mogła się nadziwić temu, jaka jest piękna.

– To moje siostrzenice – wyjaśniła Tulla. – Josefine i Martine. Mieszkają ze mną.

– Rozumiem. – Anna skinęła ponownie głową, po czym zwróciła się do Tulli. – Kupiłam w sklepie Solvika trochę materiału... Jej wzrok powędrował w kierunku torby z materiałami zakupionymi przez Tullę.

– To jest nas dwie – uśmiechnęła się Tulla. – Właśnie stamtąd wracamy. Jørgen Solvik miał piękne materiały do wyboru. Ma do nich niezłe oko.

– Tak, możliwe – przyznała Anna. – Przyszłam spytać, czy nie zechciałabyś może uszyć kilku ubranek dla mojej córki? Nie mam dla niej nic poza tym, co ma teraz na sobie. Nie chcę, żeby musiała chodzić w łachmanach.

Tulla spojrzała na dziecko i uśmiechnęła się ciepło.

– Oczywiście, że mogę. Kochane maleństwo... – Wyciągnęła rękę i pogłaskała dziecko po głowie.

– Pokaż, jaki kupiłaś materiał.

– Nie mam za dużo pieniędzy. – Anna wyjęła z kieszeni portfel i zajrzała do środka. – Na razie Elise pije jeszcze moje mleko, ale niedługo będę musiała zacząć kupować dla niej jedzenie...

– Zapłata może zaczekać, nie ma pośpiechu – odparła Tulla. Spojrzała do siatki, oceniając materiały. W końcu pokiwała głową z uśmiechem.

– To materiał bardzo dobrej jakości.

Było widać, jak wiele serdeczność Tulli znaczy dla Anny. Uśmiechnęła się, a jej oczy nabrały nieco pogodniejszego wyrazu.

– Zadbam o to, żeby twoja mała miała najpiękniejsze ubranka. Wróć pod koniec tygodnia, do tego czasu coś przygotuję.

Anna podziękowała ponownie i pożegnała je. Josefine otworzyła jej furtkę.

– Dziękuję – powiedziała Anna, uśmiechając się.

Josefine stała przez chwilę w miejscu, wiodąc wzrokiem za piękną, lekko przygarbioną kobietą, aż znikła za rogiem.

ROZDZIAŁ ÓSMY

– Za ciasno! Spróbuj jeszcze raz.

Viktoria wiła się niczym węgorz. Emma westchnęła głośno. Z anielską cierpliwością spróbowała ponownie zawiązać na kokardę pasek u sukni siostry. Ale ta znowu stęknęła niezadowolona.

– Nie tak, Emmo. Dlaczego nie umiesz niczego zrobić tak jak trzeba?

Oskarżycielski ton siostry coraz bardziej działał Emmie na nerwy. Nieważne, jak bardzo by się starała, Viktoria nigdy nie była zadowolona. Zawsze tak było.

W lustrze dostrzegła gniewne spojrzenie siostry i miała ochotę odwdzięczyć się tym samym. Ale wiedziała, że to tylko pogorszyłoby sytuację. Viktoria była nie tylko porywcza, ale też pamiętliwa. Te cechy charakteru robiły z niej bardzo trudną osobę.

– Jeśli nie jesteś zadowolona, najlepiej zrób to sama – odparła Emma, wypuszczając z rąk wstążkę.

Viktoria westchnęła z rezygnacją.

— Bywasz okropnie małostkowa, Emmo. Prosiłam cię o pomoc, ale jesteś całkiem beznadziejna.

Emma puściła uwagę siostry mimo uszu. Podeszła do okna i wyjrzała na zewnątrz. Czasami marzyła o tym, żeby się stąd wydostać. Z dala od rodziny i hotelu. Do przystani wpływała mała łódka. Zatoka była niespokojna, łódź bujała się na falach. Wioślarz wyciągnął ją na ląd, po czym ruszył ścieżką w kierunku hotelu, a następnie skręcił w stronę kościoła.

Powiodła wzrokiem za znajomą sylwetką, aż straciła ją z oczu. Przepełniła ją tęsknota. Nie widzieli się od wielu dni, od tamtego pamiętnego wieczora... Dotknęła palcem swoich warg. Pamiętała wciąż moment, w którym jego ciepłe usta dotknęły jej warg i jak jego język delikatnie wsunął się między nie. Była taka szczęśliwa i chciała, żeby pocałunek trwał wiecznie. Ale wtedy alejką nadszedł jakiś spacerowicz, a Brage wypuścił ją z objęć. Kiedy zaczął ją przepraszać, o mało nie zalała się łzami. Prosił, żeby mu wybaczyła i miał nadzieję, że wciąż mogą być przyjaciółmi.

Był taki głupi. Przecież odwzajemniła pocałunek. Czy nie rozumiał, ile dla niej znaczy? A może to ona była głupia ze swoimi naiwnymi marzeniami. Był synem rybaka i na pewno doskonale wiedział, że jej rodzice nigdy nie przystaną na związek między nimi.

Odwróciła się do Viktorii, która dalej męczyła się z kokardą. Było wyraźnie widać, że znowu się dąsa.

– Mogę spróbować pomóc ci jeszcze raz – powiedziała Emma. Podeszła do siostry i wzięła do ręki czerwoną wstążkę.

– Ani mi się waż! – syknęła Viktoria, wyrywając wstążkę z jej dłoni. – Doskonale sobie poradzę sama.

Emma stała przez chwilę, nie wiedząc gdzie się podziać, aż w końcu postanowiła oddalić się od gniewu Viktorii. Wyszła z pokoju i spokojnym krokiem podążyła w kierunku recepcji.

– Dzień dobry, Emmo – przywitał ją ojciec, podnosząc wzrok znad księgi gości. – Czy możesz mnie na chwilę zmienić? Niedługo wrócę.

Emma skinęła głową. Doskonale wiedziała, jak sobie radzić w recepcji. Nauczyła się tego od rodziców. Znała dobrze księgę gości i wiedziała, gdzie należy notować nazwiska nowo przybyłych.

Drzwi prowadzące do ogrodu oraz te, wiodące na ulicę, były otwarte na oścież. Przeciąg przewracał kartki w hotelowej księdze.

Emma podeszła do drzwi wejściowych i miała je właśnie zamknąć, kiedy stanęła w nich elegancka dama. Za nią kroczył mężczyzna i dziewczynka z warkoczykami po obu stronach głowy. Spojrzała na Emmę z zaciekawieniem.

– Dzień dobry – powiedziała Emma, przepuszczając ich. Mężczyzna podszedł do lady, a ona pospiesznie wróciła na swoje miejsce w recepcji.

– Dzień dobry. Zamówiliśmy tu pokój. Moje nazwisko to Nilsen. Nils Nilsen.

Emma zerknęła do księgi, przejrzała po kolei wszystkie nazwiska, ale nie mogła znaleźć ich rezerwacji.

– Przepraszam, ale czy jest pan pewny, że zamówił pokój właśnie w naszym hotelu? Jest w Drøbak jeszcze inny hotel przy ulicy Wielkiej, należy do pani Larsen...

– To jest Hotel Strand, prawda? – odezwała się kobieta. Zdjęła rękawiczki i położyła dłoń na głowie dziewczynki. – Widzi pani, nasza córka jest chora i słyszeliśmy, że są tu łaźnie termalne, które mają uzdrowicielskie właściwości.

Emma ponownie spojrzała na dziewczynkę. Dopiero teraz zwróciła uwagę na malujące się w jej oczach zmęczenie. Zrobiło się jej ogromnie żal.

– Tak, jesteśmy w Hotelu Strand, ale obawiam się, że nie mamy żadnych wolnych pokojów. Zjechało się mnóstwo urlopowiczów i...

Jej oko przyciągnęła szufladka pod ladą. Leżał w niej klucz do pokoju 11. Po plecach przeszły jej ciarki. Wyraźnie zabroniono jej umieszczać kogokolwiek w tym pokoju. Z drugiej strony bardzo chciała pomóc tej miłej rodzinie.

Na szczęście w recepcji pojawił się w tej samej chwili ojciec, a Emma szybko mu wyjaśniła, o co chodzi.

– Nie ma problemu. Rodzina Iversenów właśnie wyjeżdża. Jeśli mogą państwo chwilę zaczekać, poślę natychmiast pokojówkę, żeby przygotowała pokój dla państwa.

– Dziękujemy bardzo. – Mężczyzna posłał żonie pełne ulgi spojrzenie.

Emma zerknęła ponowie w kierunku dziewczynki.

– Masz bardzo ładną sukienkę.

Jej twarz rozpromienił szeroki uśmiech.

– Dziękuję – odparła, dygając.

Tulla skończyła szyć ubranka dla córki Anny pod koniec tygodnia i poprosiła Josefine oraz Martine, aby je dostarczyły. Akurat przestało padać, na niebie nie było ani jednej chmurki.

Josefine wzięła paczkę z ubraniami i w towarzystwie Martine poszły w kierunku rynku. Ciotka wyjaśniła, że Anna mieszka na poddaszu w jednym z domów przy ulicy Krzywej. Josefine zapewniła, że trafią tam bez problemu.

Kiedy szły przez rynek, Jørgen Solvik zamykał właśnie sklep.

– No proszę, siostry Vik! – powiedział z uśmiechem.

— Dzień dobry, panie Solvik – odparła Martine i skinęła głową.

— Dzień dobry – odpowiedział Jørgen, schodząc po schodkach na ulicę. – Gdzie się panienki wybierają?

— Mamy dostarczyć paczkę z ubrankami Annie Halvorsen – wyjaśniła Martine.

— Ach, tak – westchnął Jørgen. – Z tego, co słyszałem, wasza ciotka jest doskonałą krawcową. Zastanawiam się, czy nie zaproponować jej, żeby sprzedawała uszyte przez siebie suknie w moim sklepie. Mogłaby na tym nieźle zarobić.

— Na pewno będzie zainteresowana – odparła Josefine. – Proszę ją zapytać. Ale teraz musimy już iść. Do widzenia, panie Solvik.

Złapała Martine za ramię i pociągnęła za sobą.

— Dlaczego byłaś taka niegrzeczna? – spytała oburzona siostra, kiedy się nieco oddaliły.

Josefine westchnęła.

— Coś mi się w nim nie podoba, nie wiem sama co. – Ścisnęła mocniej paczkę, która prawie wysunęła się spod jej ramienia. Czuła na plecach spojrzenie Jørgena Solvika. Była pewna, że odprowadza je wzrokiem.

— Po prostu jesteś zazdrosna, bo to mną się zainteresował.

Josefine stanęła jak wryta i spojrzała ze złością na Martine.

– Nie wygaduj bzdur. Czegoś tak głupiego już dawno nie słyszałam!

– Jeśli to prawda, to chyba rzadko zdaje ci się coś słyszeć – odparła naburmuszona Martine.

Josefine pociągnęła siostrę dalej, głęboko wzdychając.

– Mam po prostu złe przeczucia. Jørgen Solvik nie jest tym, za kogo się podaje. Sama słyszałaś, co Tulla mówiła o jego statkach. Życie ludzkie nic dla niego nie znaczy.

– Ledwie go poznałaś, Josefine! Czasem jesteś strasznie denerwująca.

Próbuję cię tylko chronić – pomyślała Josefine, ale nic nie powiedziała.

Dotarły w końcu na ulicę Krzywą i bez kłopotu odnalazły niewielki żółty domek, w którym mieszkała Anna.

Weszły po schodkach na górę, a Josefine zastukała trzy razy kołatką.

Kiedy po chwili wciąż nikt nie otworzył, Josefine zastukała ponownie. Drzwi w końcu otworzyły się i powitała ich piękna, lecz blada jak prześcieradło Anna. Jej suknia nie była całkiem zapięta.

– Ach, to wy – powiedziała, zerkając nerwowo w głąb mieszkania.

– Przyniosłyśmy ubranka dla maleńkiej Elise. – Josefine podała jej paczuszkę.

– Dziękuję – odparła Anna. – Przyjdę jutro, żeby się rozliczyć. W tej chwili nie mam czasu.

– Na pewno nie będzie to problem. Tulla powiedziała, że się nie spieszy.

– Tulla jest bardzo miła – powiedziała Anna. – Cóż, jeśli to już wszystko... – Zaczęła zamykać drzwi. – Elise płacze – dodała przepraszająco.

– Oczywiście... – Josefine zrobiła krok do tyłu.

– Do widzenia – pożegnała je Anna i zatrzasnęła drzwi.

– Słyszałaś płacz dziecka? – spytała Martine, kiedy stały na ulicy.

– Nie, a ty?

Martine pokręciła głową.

– Wydaje mi się, że to nie ze względu na Elise tak jej się spieszyło.

– Myślisz, że ktoś tam był? Mnie również wydawała się dziwna.

– Nie wiem. Co chwilę się oglądała. Biedna Anna, żal mi jej. Odrzucona i samotna, z malutkim dzieckiem. Na pewno nie jest jej lekko.

– Jak myślisz, kto jest ojcem dziecka?

– Nie mam pojęcia – westchnęła Martine.

Josefine otuliła się szczelnie chustą, było jej zimno. Myślała o dużych niebieskich, spłoszonych oczach Anny. Wyglądała na wystraszoną i Josefine żałowała, że nie może dla niej czegoś zrobić.

– Całe szczęście, że przynajmniej Tulla jej pomaga – stwierdziła, kopiąc leżący na ulicy kamień.

– Całe szczęście, że pomaga nam wszystkim – odparła Martine. – Gdyby nie ona, mieszkałybyśmy teraz u siostry ojca. To byłby koszmar.

Josefine wzdrygnęła się. Zgadzała się w pełni z opinią siostry.

Następny dzień był bardzo ciepły. Był to jeden z tych dni, kiedy człowiek najchętniej nie wychodziłby wcale z cienia. Kiedy Josefine i Martine wyręczyły Tullę w trzech dostawach, pozwoliła im przez resztę dnia zrobić sobie wolne. Sama usiadła z powrotem przy maszynie do szycia i zabrała się za tworzenie nowych kreacji. Okna w całym domu były szeroko otwarte, aby zapewnić przepływ świeżego powietrza.

Josefine i Martine spakowały kostiumy kąpielowe do torby i poszły ścieżką w kierunku kąpieliska. Minęły hotel, gdzie kilkoro dzieci bawiło się w fontannie. Na ławce przy ścieżce siedział Georg Strand i czytał gazetę. Kiedy przechodziły, podniósł głowę i uśmiechnął się.

– Piękny mamy dzień – zagadnął.

– To prawda – odparła z uśmiechem Josefine.

Starszy mężczyzna przyglądał się jej wnikliwie.

– Jest pani bardzo podobna do matki – zauważył.

– Do matki? – Serce zabiło mocniej w jej piersi.

Ku jej wielkiemu rozczarowaniu Tulla odmówiła dalszych rozmów na ten temat. Josefine rozumiała, że wspominanie siostry nie mogło dla niej być łatwe, ale bardzo pragnęła wiedzieć o matce coś więcej.

– Znał ją pan?

– Niezbyt dobrze. Miałem tylko kilka razy okazję ją spotkać. Była niesłychanie piękną kobietą obdarzoną niezwykłym głosem. Była całkiem inna niż ciotka panienek. Miała podobne poczucie humoru, lecz była bardziej nieśmiała, choć nawykła do występów na scenie. Zdawała się również być na swój sposób krucha.

Georg Strand pogrążył się we wspomnieniach. Josefine chciała z niego jeszcze coś wyciągnąć.

– Wie pan, co się stało w hotelu, kiedy nasza matka... – Zamilkła na widok zmiany na jego twarzy. Mężczyzna wstał i uśmiechnął się.

– Wybaczcie proszę, miłe panie, ale pora już na mnie. W hotelu czeka na mnie mnóstwo pracy, nie mogę tu siedzieć cały dzień i się obijać. Życzę miłego popołudnia. – Ukłonił się i z gazetą w dłoni ruszył do hotelu.

– Szkoda, że nie powiedział więcej – stwierdziła Josefine, kiedy szły dalej. – Przykro mi, że Tulla nie chce mówić o mamie. Chciałabym poznać całą prawdę.

– Tulla również jej nie zna. Na pewno nie chce poruszać tego tematu, żeby nie rozdrapywać ran.

Muszę przyznać, że się z nią zgadzam. Wolałabym o tym dłużej nie myśleć.

Josefine westchnęła.

– Pomówmy raczej o czymś innym – dodała Martine. – Na przykład o Georgu Strandzie. Zdaje się być miły. Jest zupełnie inny od swojego syna.

– Od Antona? Tak, możliwe, że jest nieco mniej sztywny.

– Nie mogliby bardziej się od siebie różnić. Kristian za to jest bardziej podobny do dziadka. – Martine posłała siostrze porozumiewawczy uśmiech.

Josefine przygryzła wargę. Tak, Kristian. Nie widziała go od czasu wizyty w hotelu.

– Jørgen Solvik też jest przystojny – dodała Martine, unosząc głowę.

– Jest miły dla oka, tak, nie ma co do tego wątpliwości. Ale ma w sobie coś dziwnego. Jego oczy są zimne – powiedziała Josefine.

– To nieprawda! – Martine wydęła usta. – Moim zdaniem to przyzwoity człowiek.

– Ale chyba słyszałaś, co powiedziała Tulla? Że potrafi być bezduszny? Weź na przykład tę sprawę z przeglądami statków. Nie spodobało mi się to. Oznacza to, że życie innych ludzi jest dla niego pozbawione wartości. Przecież nie brakuje mu chyba pieniędzy na utrzymywanie floty w dobrym stanie.

Dotarły w końcu do kąpieliska. Biały budynek przebieralni miał wejście się od strony fiordu.

– Nie powinnaś tak bardzo zwracać uwagi na plotki, Josefine. Bo to tylko i wyłącznie plotki.

Josefine szykowała już w głowie odpowiedź, lecz nagle stanęła jak wryta. Zamierzały właśnie wejść do przebieralni, gdy jej spojrzenie zatrzymało się na wychodzącym z wody mężczyźnie. Jego ciemne włosy zaczesane były do tyłu. Silnymi ramionami wsparł się na skale, podciągnął i po chwili stał przed nimi, ociekając wodą. Krople lśniły na jego szerokiej klatce piersiowej. Josefine przełknęła, odwróciwszy wzrok.

Kristian roześmiał się wesoło.

– Przyszłyście się wykąpać? Czy Tulla nie powiedziała wam, że kąpielisko jest otwarte dla pań we wtorki i czwartki? Obawiam się, że czeka was spory szok, jeśli wejdziecie dalej.

Figlarne iskierki tańczyły w jego oczach. Pokręcił dynamicznie głową, a krople wody spadły na jego ramiona.

– Martine, Tulli chyba pomieszały się dni – szepnęła Josefine, robiąc rok w tył. Chciała się zapaść pod ziemię. Oby tylko być jak najdalej od Kristiana i jego promiennego uśmiechu.

Martine stanęła obok niej zdezorientowana.

– Mówię to tylko dla waszego dobra – roześmiał się Kristian. – Sam nie mam nic przeciwko temu, żeby pływać w towarzystwie takich pięknych dam. Ale w imię przyzwoitości może będzie lepiej z tego zrezygnować.

– Oczywiście. Ja... my... przepraszamy – powiedziała Josefine i odwróciła się. Chwyciła za rękę Martine i pociągnęła ją za sobą. – Pospiesz się, Martine – szepnęła do siostry, ciągnąc ją ścieżką.

– Szybciej już nie mogę – westchnęła Martine.

Kiedy oddaliły się na bezpieczną odległość od Kristiana, Josefine odetchnęła z ulgą.

– Ale to było niezręczne. Pomyśl tylko, co by się stało, gdybyśmy się zaczęły przebierać?

Martine zachichotała, nie biorąc tej sprawy zbyt poważnie.

– Teraz przynajmniej udało ci się zobaczyć półnagiego Kristiana. Nie pozostało zbyt wiele dla wyobraźni.

– Cicho bądź – upomniała siostrę Josefine. – Nie ma się z czego śmiać. Jak Tulla mogła pomylić dni? Powinna wiedzieć o takich rzeczach.

– Przesadzasz, to nie wina Tulli. Gdybyśmy były trochę bardziej spostrzegawcze, zauważyłybyśmy od razu, że dzisiaj w fiordzie kąpią się sami mężczyźni.

Josefine nie odpowiedziała, szła dalej przed siebie. Jakby tego było mało, spotkały na swojej drodze Viktorię i Emmę, które z białymi parasolkami zmierzały w przeciwnym kierunku.

Viktoria zatrzymała się na ich widok i uśmiechnęła drwiąco na widok torby z przyborami kąpielowymi na ramieniu Josefine.

– Tulla powinna was nauczyć dobrych manier – stwierdziła wyniośle. – Panie nie kąpią się w te same dni, co panowie.

– Sam powinnaś się nauczyć czegoś o dobrych manierach – odburknęła Josefine, mijając Viktorię. Przeszedłszy kilka kroków odwróciła się.
– Najwyraźniej nikt ci nie wytłumaczył, że należy być uprzejmym wobec innych.

Viktoria zaniemówiła, a Josefine uśmiechnęła się z poczuciem satysfakcji, że znowu udało się jej przygadać tej nieznośnej dziewczynie.

Nie czekając na odpowiedź ruszyła przed siebie szybkim krokiem i nie zatrzymując się dotarły do furtki domu przy Plażowej 4. Drzwi na werandę były szeroko otwarte. Josefine wpadła do domu, pobiegła do sypialni i wyjrzała przez okno z widokiem na fiord. Zobaczyła, jak siostry Strand przeszły obok kąpieliska i poszły dalej ścieżką prowadzącą w kierunku kościoła. Jej wzrok przyciągnęła postać mężczyzny, który otuliwszy ramiona ręcznikiem, szedł ścieżką w kierunku zabudowań. Nie mogła oderwać od niego wzroku. Był taki przystojny, silny i umięśniony.

Nagle podniósł głowę, uniósł rękę i zamachał do niej. Przeklęła w myślach swoją głupotę.

Jak mogła być tak nieostrożna, żeby gapić się na niego przez okno?

Przywarła plecami do ściany, tak żeby nie mógł jej widzieć i przymknęła oczy. Próbowała odpędzić od siebie widok jego nagiej piersi. Ale obraz ten wyrył się na dobre w jej pamięci.

– Przykro mi, że pomyliłam dni – powiedziała Tulla, kiedy Josefine zeszła do salonu. Martine zdążyła już opowiedzieć, co się wydarzyło. Chciała wierzyć, że siostra nie wchodziła zbytnio w szczegóły.

– Mam nadzieję, że nie było to strasznie szokujące.

Ciotka z trudem powstrzymywała się od śmiechu.

– Dla nas czy dla Kristiana Stranda? – burknęła Josefine.

– Dla obu stron – odparła Tulla i wybuchnęła śmiechem.

Josefine w końcu nie wytrzymała i również się roześmiała, chociaż było jej równocześnie wstyd. Dlaczego ze wszystkich mężczyzn na kąpielisku musiały wpaść akurat na niego?

Tulla zdawała się czytać w jej myślach.

– Kristian to dobry chłopak. Może za bardzo interesuje się płcią piękną, całkiem jak jego dziadek, ale poza tym nie jest wcale zły.

Tulla ucięła nitkę i wysunęła kawałek materiału z maszyny do szycia.

– Poza tym jest serdeczny i uprzejmy. Pewnego dnia przejmie rodzinny interes. Już teraz często włącza się w działanie hotelu, z tego co mi wiadomo.

– Georg Strand jest kobieciarzem? – spytała zaciekawiona Martine.

– Georg Strand był swego czasu znanym uwodzicielem. Krążą różne plotki na temat tego z iloma był kobietami, ale nie mogę wam zdradzić tej liczby.

– Ale przecież był kiedyś żonaty? – zdziwiła się Martine. Zajęła miejsce na podłodze koło krzesła Tulli.

– Tak, ale jego żona bardzo młodo umarła w wyniku choroby. Ale to było dawno temu. Pamiętam, że Georg był załamany, a Ada pocieszała go jak mogła. To słabo skrywana tajemnica, że Ada przepada wprost za swym teściem.

– Myślisz, że się potajemnie spotykają? – dociekała Martine.

Tulla jakby nagle oprzytomniała, uświadamiając sobie, na jakie tory schodzi rozmowa.

– Nie, skądże. Zresztą nie powinnam rozpowiadać plotek. Zapomnijcie, co powiedziałam, wygaduję głupstwa.

Ale Josefine nie potrafiła zapomnieć. Nie obchodziło jej ani trochę, czy Georg Strand chodził co dzień z inną kobietą pod ramię, ale ubodło ją, że Tulla porównuje Kristiana do dziadka.

Pomyślała o nim ponownie. O jego niebieskich oczach i szerokim uśmiechu. Uczucia, jakie w niej obudził, nie dawały jej spokoju.

ROZDZIAŁ DZIEWIĄTY

Następnego dnia ponownie się na niego natknęła. Po zakończonym dniu pracy siedziała w ogrodzie oparta o nasłonecznioną ścianę domu z robótką na kolanach, kiedy nagle światło przesłonił cień. Podniosła wzrok i zobaczyła znajomą postać. Ponownie poczuła ciepło na policzkach.

– Widzę, że korzystasz z pięknego popołudnia? – spytał Kristian.

Josefine przypomniała sobie widok jego wilgotnej piersi i ku swojemu rozdrażnieniu stwierdziła, że ponownie pąsowieje. To, że rumieni się przy każdym spotkaniu z nim, zaczynało być męczące.

– Jest zbyt ciepło, żeby siedzieć w domu – odparła. – Poza tym muszę jeszcze skończyć robótkę.

Kristian obdarzył ją uśmiechem.

– To piękny dzień na spacer po parku – stwierdził. – Zechciałabyś dotrzymać mi towarzystwa?

Josefine zawahała się. Czy spacerowanie w towarzystwie Kristiana Stranda w miejscu publicznym na pewno było dobrym pomysłem?

Z drugiej strony nie obchodziło jej specjalnie, co o niej myślą inni.

– Krótki spacer na pewno nie zaszkodzi – stwierdziła w końcu, wstając. Odłożyła robótkę i spojrzała w kierunku domu. Tulla poszła załatwić jakąś sprawę na drugim końcu miasta i zabrała ze sobą Martine. Aksel siedział na werandzie i oparty plecami o balustradę zaabsorbowany był struganiem.

Josefine podeszła do niego.

– Idę na spacer z Kristianem – wyjaśniła. – Niedługo wrócę.

Aksel zerknął na Kristiana z rezerwą.

– Może chcesz pójść z nami? – spytała z grzeczności.

– Nie, jestem zajęty – odparł. – Ale na twoim miejscu nigdzie bym z nim nie szedł.

– Dlaczego? – zdziwiła się, zerkając przelotnie na Kristiana. Zastanawiała się, czy wyczuwa niechęć Aksela. Nawet jeśli tak było, nie dawał po sobie nic poznać. Stał cierpliwie w miejscu i czekał na nią.

– To nie jest odpowiedni mężczyzna dla ciebie – wyjaśnił stanowczo Aksel. Robił wrażenie naburmuszonego, jak małe dziecko, którego nikt nie chce słuchać.

Josefine uśmiechnęła się i położyła dłoń na jego ramieniu.

– Umiem o siebie zadbać, jeśli o to się martwisz. Idziemy tylko na spacer do parku, nic więcej. Niedługo wrócę.

Aksel nie odpowiedział. Strugał dalej zapamiętale kawałek drewna, jakby z jakiegoś powodu się gniewał.

Josefine westchnęła i zostawiła go w spokoju. Podeszła do Kristiana.

– Czy zostałem zaakceptowany jako twój towarzysz? – spytał, oferując jej ramię. Jego figlarny uśmiech powodował, że uginały się pod nią kolana. *Weź się w garść* – upomniała siebie. *To tylko twój kolega, nic więcej.*

– Tulli nie ma w domu, więc Aksel jest na posterunku.

– Aksel to dobry chłopak – stwierdził Kristian. – Nawet jeśli niektórzy się go boją.

– Dlaczego? Przecież jest taki łagodny – zdziwiła się Josefine.

– Cóż, Aksel jest silny i bywa dość gwałtowny. Kiedy jest zły, nie potrafi jasno myśleć.

– Chcesz powiedzieć, że może być niebezpieczny? – Josefine zatrzymała się.

– Tak. Kiedyś zdarzyło mu się pobić Pedera Mørka. Nie przestał zadawać mu ciosów, aż ktoś go odciągnął. Ale zrobił to dlatego, że Peder uderzył swojego syna na samym środku rynku. Peder Mørk lubi zaglądać do kieliszka i niezbyt dobrze traktuje swoją rodzinę. Zrobiła się z tego głośna sprawa i po tym właśnie Aksel zamieszkał u Tulli. Inaczej posłaliby go do przytułku.

– Biedny Aksel – zamyśliła się Josefine. – Ale kim właściwie są jego rodzice?

– Nie znam jego ojca, ale matka mieszka w małej chałupie za miastem. Prawie nigdy nie bywa w Drøbak. Mówi się, że hańba wpędziła ją w biedę. Pochodzi z zamożnego gospodarstwa w Skogsti, ale rodzina odwróciła się od niej, kiedy na świat przyszedł Aksel.

– Tak samo było z Anną? – spytała Josefine.

Kristian spojrzał na nią i dopiero po chwili odpowiedział.

– Tak, mniej więcej tak samo.

Byli już na wysokości kąpieliska, a Josefine zawstydziła się ponownie na wspomnienie wczorajszego nieporozumienia.

– Od jakiegoś czasu toczy się dyskusja, czy nie zrezygnować z podziału na dni dla kobiet i mężczyzn – wyjaśnił Kristian, jakby czytał w jej myślach. – Nie miałbym nic przeciwko temu, żeby pozbyć się tego głupiego przepisu. Dlaczego nie możemy się wszyscy kąpać równocześnie? – Roześmiał się. – Powinnaś była widzieć swoją twarz, kiedy wczoraj na siebie wpadliśmy. To było przezabawne.

– Dla mnie czy dla ciebie? – spytała.

– Pewnie głównie dla mnie – przyznał przepraszająco.

Grupka chłopców skakała ze skały do fiordu. Pluskali się wesoło i krzyczeli głośno. Kristian wyjaśnił, że wczoraj do miasta przybyły aż trzy powozy z chłopcami.

– Przysłali ich tu na wakacje bogaci rodzice. Ach, cóż za wesoła i pozbawiona zmartwień grupka – westchnął Kristian.

– Czyżbyś miał tak dużo trosk? – zagadnęła Josefine. Jego rodzina opływała w luksusy. Nie musieli w przeciwieństwie do innych zamartwiać się sprawami takimi jak brak środków na ubrania lub jedzenie.

Kristian spoważniał, a ona pożałowała swojego pytania.

– Cóż, zamożni ludzie mają może pełne portfele, ale nie tylko to się w życiu liczy – odparł.

Jego twarz rozjaśnił ponownie uśmiech.
– Od czasu, kiedy otworzyliśmy łaźnie termalne, mamy coraz więcej gości. Ludzie przyjeżdżają z odległych zakątków kraju. W zeszłym tygodniu mieliśmy nawet gości z Bergen. To była grupa zamożnych dam. Olga nieźle się namęczyła, żeby zadowolić ich kulinarne fantazje.

Josefine roześmiała.

– Widocznie po długiej podróży oczekiwania są wygórowane.

– Na pewno, ale większość gości jest miła. Zdarza się od czasu do czasu jakiś zrzęda, ale znaczna większość na szczęście jest dobrze wychowana. Wielu gości przyjeżdża z Kristianii i okolic, to tylko dzień drogi stąd. Nasze miasto jest ładnie położone nad fiordem i nie mogę sobie wyobrazić lepszego miejsca do życia.

– Tak, bardzo tu pięknie – przyznała.

Poprowadził ją dalej ścieżką, w końcu skręcił na mniej uczęszczaną dróżkę.

– Pokażę ci najładniejszy punt widokowy w całym parku – powiedział, chwytając ją za rękę. Zabrakło jej woli, żeby mu się wyrwać. Pozwoliła się poprowadzić, szczęśliwa w jego towarzystwie.

Dotarli w końcu na niewielkie wzniesienie. Zatrzymał się i odwrócił do niej z uśmiechem.

– Popatrz tylko. Widać stąd twierdzę Oscarsborg i całe wybrzeże niemal po samą Kristianię. A jak spojrzysz w drugą stronę, to można w oddali dostrzec nawet Horten.

Josefine powiodła wzrokiem po wybrzeżu.

– Chyba trochę przesadzasz. Dużo stąd widać, ale na pewno nie aż do Kristianii.

– Nigdy nie przesadzam – uśmiechnął się.

Usiedli, ciesząc oczy krajobrazem i nasłuchując radosnych śmiechów kąpiących się dzieci. Josefine stwierdziła, że to jej najlepsza szansa, żeby dowiedzieć się czegoś więcej na temat tego, co wydarzyło się w hotelu, kiedy została zabita jej matka. Bardzo pragnęła wreszcie poznać prawdę. Nie wiedziała tylko za bardzo, jak powinna zacząć rozmowę.

– Znalazłam wycinek z gazety – powiedziała w końcu.

– Ach tak? – Odwrócił się do niej. – Jaki wycinek? Czy to było coś na temat hotelu? Nie powinnaś wierzyć we wszystko, co czytasz. W tym mieście jest mnóstwo zazdrosnych ludzi, którzy nienawidzą hotelu. Kiedy otwieraliśmy uzdrowisko...

– Nie, nie o to chodzi – wpadła mu w słowo. – Artykuł mówił o kobiecie, która zginęła w pokoju numer 11.

Kristian pobladł i cały dobry nastrój gdzieś się ulotnił. Josefine żołądek skręcał się ze strachu, ale drążyła dalej temat.

– Nie była to miła lektura, bo chodziło o moją matkę. Nazywała się Signe Vik i została zabita w waszym hotelu. Na pewno potrafisz sobie wyobrazić, jakim szokiem było dowiedzieć się, że razem z siostrą przez lata nie znałyśmy prawdy.

Cień przebiegł przez jego twarz. Po miłej atmosferze nie zostało śladu.

– Nie ma sensu grzebać w przeszłości, Josefine – stwierdził ponuro. – Nie zwróci ci to matki.

– Ale chyba rozumiesz, dlaczego szukam odpowiedzi? – spytała rozczarowana Josefine.

– Oczywiście, że rozumiem, ale jest za późno. Lensmann zrobił, co w jego mocy. Było prowadzone wielkie dochodzenie, ale nie rozwikłano zagadki. Miasto pogodziło się z tym, co się wydarzyło.

– Ale ja się nie pogodziłam!

Poderwała się. Było jej przykro, że tak zareagował. Najwyraźniej myliła się co do niego, najwyraźniej był podobny do matki i sióstr. Ale czego innego oczekiwała właściwie od syna Ady Strand?

– Nie zapominaj, że mówisz o *mojej matce*. – Łzy napływały jej do oczu, gardło miała ściśnięte.

Zauważył to i złagodniał nieco.

– Droga Josefine, źle mnie zrozumiałaś. – Wstał i przyłożył dłoń do jej policzka. – To był okropny czas, dobrze to pamiętam. Lensmann i jego ludzie bez przerwy przychodzili do hotelu, wypytywali wszystkich i szukali wskazówek. Knut Jeger nie był wtedy jeszcze lensmannem. Jego poprzednik był bardzo sumiennym człowiekiem. Przysiągł, że rozwiąże tę sprawę albo odejdzie ze stanowiska. Skończyło się na tym drugim.

– Ale dlaczego tak trudno było ją rozwikłać? Dlaczego nie znaleziono odpowiedzi?

– Gdybym tylko wiedział – westchnął Kristian. – Nie mam pojęcia, Josefine. Ale wiem, że grzebanie w sprawie z przeszłości nie rozwiąże niczego i rozdrapie tylko stare rany.

Nie mogła dłużej tam stać. Nie chciała go słuchać. Nic z tego nie rozumiała. Bez słowa pożegnania odwróciła się na pięcie i zbiegła w dół zbocza, po czym popędziła ile sił w nogach przez park do domu. Musiała się od niego oddalić. Mówił o tej sprawie w taki sposób, jakby w tym wszystkim najbardziej ucierpiała jego rodzina. Ale to przecież ona i jej krewni stracili ukochaną matkę i żonę. Dlaczego tego nie rozumiał?

Wbiegła do ogrodu i ruszyła w kierunku domu. Oczy piekły ją od łez.

– Zrobił ci krzywdę?

Zamarła, widząc, że Aksel nie ruszył się z miejsca. Jakby na nią czekał przez ten cały czas.

– On nie ma prawa źle cię traktować! – zdenerwował się.

– Nic mi nie zrobił. – Josefine otarła łzy i odzyskała nad sobą panowanie. – To nie wina Kristiana. Jest mi smutno z innego powodu.

Widziała, że jej nie uwierzył. Aksel może i był inny niż wszyscy, ale nie był tak głupi, jak podejrzewali ludzie.

ROZDZIAŁ DZIESIĄTY

Minęło dużo czasu, zanim Josefine zdołała przekonać Aksela, że Kristian wcale jej nie skrzywdził.

Czuła się wyczerpana. Poznała drugą stronę Aksela, który z początku wydawał się być taki łagodny. Ale chyba nie było nic złego w tym, że miał silne poczucie sprawiedliwości i chciał ją chronić?

W kolejnych dniach starała się unikać Kristiana, co okazało się wcale nie być takie trudne. Pogoda bardzo się pogorszyła i rzadko miała okazję wychodzić na dwór. Całymi dniami wiało i padało, a morze było niespokojne.

Dziewczęta pomagały Tulli w szyciu, pracowały bardzo gorliwie. Z czasem nawet Martine udało się poskromić maszynę do szycia. Praca szła im teraz o wiele szybciej niż w pierwszych dniach. Ich dni pracy bywały czasem bardzo długie, bo miały dużą liczbę zamówień.

Kiedy ubrania dla rodziny sędziego były gotowe, zapakowały je w szary papier, a Josefine i Martine poszły dostarczyć paczkę. Sędzia, obejrzawszy ubrania, okazał ogromne zadowolenie.

– Muszę przyznać, że Tulla Eriksen to niezwykle utalentowana krawcowa.

Dziewczęta wymieniły spojrzenia, uśmiechając się. Sędzia nie wiedział, że podziwia pracę włożoną w szycie ubrań nie tylko przez ciotkę.

Wkrótce również sukienki dla Viktorii i Emmy były gotowe. Były bardziej wyjątkowe niż cokolwiek, co do tej pory uszyły. Nic dziwnego, to Ada Strand wybierała materiały i oczywiście postanowiła wykorzystać te najdroższe.

Ada nie była równie zachwycona jak sędzia, kiedy Josefine i Martine zaniosły sukienki do hotelu.

– Zobaczmy.

Przyjrzała się krytycznie ubraniom, przymykając powieki.

– Zdaje mi się, że Tulla mogła wybrać lepszy krój. Ale niech będzie, chwała jej za oryginalność. Poza tym są ładniejsze, niż gdyby uszyła je pani Mort.

Dziewczęta ucieszyły się, kiedy wreszcie mogły ruszyć w drogę powrotną.

– Widziałaś, jaka była zachwycona? – szepnęła Martine.

– Tak, sukienki przeszły wyraźnie jej najśmielsze oczekiwania.

Josefine i Martine roześmiały się zadowolone. Ada Strand nie zdołała uśpić ich czujności.

Sukienki podobały się jej o wiele bardziej, niż chciała przyznać.

Przytulny salonik na Plażowej 4 służył w ciągu dnia jako warsztat krawiecki, a wieczorami jako miejsce do odpoczynku. Josefine coraz lepiej szła praca, bardzo lubiła szyć. Podobało się jej, jak kawałek materiału z czasem przyjmuje nową formę i staje się ubraniem. Czasem siedziała godzinami nad jakąś robotą, zanim ta w końcu poddała się jej dłoniom, zamieniając się w elegancką kreację. W projektowaniu cały czas pomagała jej Tulla, ale to ona podejmowała ostateczne decyzje. W międzyczasie Tulla uszyła obiecane sukienki dla dziewcząt, które coraz bardziej cieszyły się na noc świętojańską. Nawet Josefine musiała przyznać, że wprost nie może się doczekać zabawy.

– Masz nadzieję zatańczyć z Kristianem? – podpytywała ją Martine, kiedy szły wieczorem spać.

Josefine nie odpowiedziała. Nie wspomniała siostrze o spacerze z Kristianem. Tulli też niczego nie zdradziła. Nie miało to zresztą sensu. Ale często wracała do tego dnia myślami. Zdenerwowała się na niego i uciekła bez słowa. Było jej przykro, że mieszkańcy miasta, w tym sam Kristian, najwyraźniej pogodzili się z losem, który spotkał jej matkę.

Ale nie mogła nic poradzić. Kristian pojawiał się często w snach, niezależnie od jej woli. A kiedy myślała o zabawie w Badeparken, wyobrażała sobie siebie w ramionach przystojnego sąsiada.

Ada Strand rozłożyła mapę na stole w jadalni i przyjrzała się jej uważnie. Emma widziała, że matka jest niezadowolona. Poprzedniego wieczora mówiła o tym, że hotel powinien być większy. Że zawsze mają komplet gości i często muszą odmawiać przyjezdnym.

– Potrzebujemy więcej miejsca – powiedziała. – Będziemy mogli wtedy przyjmować więcej gości.

Emma miała wrażenie, że ojciec skulił się niemal, kiedy matka podjęła ten temat. Odstawił filiżankę i ukrył się za gazetą.

– Nigdy nie dostaniemy pozwolenia, żeby budować na wzniesieniu – ciągnęła matka, nie zważając na uniki ojca. – Rozmawiałam już urzędnikiem gminnym, który powiedział, że nie będzie to możliwe. Poza tym koszty takiej operacji byłyby o wiele za wysokie, żeby się to mogło opłacać.

Matka westchnęła i wyprostowała się. Przeciągnęła dłonią po kruczoczarnych włosach, a jej spojrzenie spoczęło na ojcu, którego akurat zdawały się ogromnie zajmować wiadomości ze świata.

– Powiedz, czy ty mnie w ogóle słuchasz, Antonie?

Jej ton był agresywny. Viktoria i Emma wymieniły spojrzenia. Czuły, że znowu będzie awantura, jeśli matka nie otrzyma satysfakcjonującej odpowiedzi.

Przez chwilę wyglądało na to, jakby Anton Strand puścił pytanie matki mimo uszu. Ukrył się tak skutecznie za gazetą, że matka zmuszona była zakasłać wymownie. Dziewczęta widziały, że szykuje już jakiś uszczypliwy komentarz, ale nagle ojciec odłożył gazetę.

– Tak, słyszę cię – odparł zmęczonym głosem. – Mów dalej.

– Nie ma sensu rozmawiać z głuchym – prychnęła matka.

Emma poruszyła się niespokojnie. Nie lubiła, kiedy matka była w takim nastroju. Wyrzucała wtedy z siebie słowa bez zastanowienia, nie myśląc, że może kogoś zranić. A teraz najwyraźniej wkroczyła na dobre na ścieżkę wojenną.

– Nie jestem głuchy, przynajmniej jeszcze nie – odparł oschle ojciec. – Zamieniam się w słuch.

Matka westchnęła głośno, postanowiła nie ciągnąć sporu. Miała znacznie ważniejsze tematy do omówienia.

– O czym to ja mówiłam... Nie możemy rozbudować hotelu w kierunku północnym, bo z tej strony jest nasze mieszkanie. Ale moglibyśmy budować na południe, gdyby nie znajdujące się tam nieruchomości. Domy Tulli Eriksen i Rolfa Halvorsena.

Filiżanka Emmy zadzwoniła o talerzyk, kiedy ją odstawiała. Matka posłała córce karcące spojrzenie.

– Będę wdzięczna, jeśli nie rozbijesz serwisu, Emmo – upomniała ją.

Emma skuliła się. Matka ponownie wpatrzyła się w mapę, próbując znaleźć sposób, aby postawić na swoim.

– Nie możemy tego zrobić – powiedziała Emma. – Przecież...

Matka odwróciła się do niej ponownie, cała jej uwaga skupiła się tym razem na córce.

– Ależ tak, Emmo. Nie tylko chcę, ale i zamierzam przejąć te nieruchomości. Pomyśl tylko o naszych biednych gościach. Co tydzień musimy kogoś odsyłać z kwitkiem. Hotel jest za mały i trzeba coś z tym zrobić.

Tym razem to ojciec uderzył filiżanką w talerzyk. Wyglądał na równie oburzonego jak Emma.

– Drogi mężu – upomniała go matka. – Co to za hałasy? – Spojrzała na Viktorię. Czy ty też zamierzasz dzwonić porcelaną?

– Nie – odparła lekko Viktoria. – Całkowicie zgadzam się z tobą, mamo. Nasz hotel jest najlepiej położony w całej okolicy. Dlaczego nie miałby również być największy i najpiękniejszy?

Matka uśmiechnęła się zadowolona.

– Dobra dziewczynka. Cieszę się, że cię mam, Vikki. Wreszcie ktoś mnie rozumie.

Emma westchnęła cicho. Matka i siostra były ulepione z tej samej gliny. – Ale co się z nimi stanie? – spytała zaniepokojona.

– Droga Emmo, to już nie nasz problem. Niech sobie mieszkają, gdzie chcą, byle nie tutaj.

Emma spojrzała na ojca, któremu wyraźnie również się to nie spodobało. Mimo to milczał jak zaklęty. Nie rozumiała dlaczego nigdy nie sprzeciwiał się matce. Zawsze potulnie akceptował wszystkie jej pomysły.

Niedługo później matka wystroiła się, poprawiła włosy pod kapeluszem, włożyła jedwabne rękawiczki i ruszyła do drzwi, oświadczając, że idzie się spotkać z gminnym urzędnikiem, Håvardem Rosenkranzem.

– Jest mi winien przysługę – rzuciła przez ramię, wychodząc.

Emma westchnęła z rezygnacją. Miała nadzieję, że matka nic nie osiągnie. Że pan Rosenkranz będzie miał na głowie ważniejsze sprawy, niż wspieranie matki w pozbawianiu dwóch rodzin dachu nad głową.

Ale dwie godziny później Ada Strand wracała z urzędu gminy z zadowoloną miną. Spotkanie z panem Rosenkranzem przebiegło po jej myśli. W torebce miała sfałszowane akty własności do nieruchomości przy ulicy Plażowej 2 i 4.

Håvard Rosenkranz dał się łatwo przekupić, więc była ogromnie zadowolona. Właściwie nie spodziewała się, że pójdzie jej aż tak łatwo i w drodze do hotelu uśmiechała się do swoich myśli.

Kiedy rozbudowa dobiegnie końca, ich hotel będzie o wiele większy od pensjonatu pani Larsen na ulicy Wielkiej. Ta myśl wprawiła Adę w niezwykle dobry nastrój.

Była tak pogrążona w rozmyślaniach, że nie zauważyła postaci, która szła za nią przez niewielki lasek. Zwróciła na niego uwagę dopiero gdy był tuż za jej plecami.

Słysząc odgłos jego kroków zamarła z przerażenia. Aksel miał we włosach kawałki kory i gałązek, a w dłoni trzymał wielki nóż.

– Jak śmiesz mnie tak straszyć – upomniała go surowo, choć trzęsła się ze strachu.

Upośledzony wychowanek Tulli Eriksen posłał jej tylko puste spojrzenie. Spoglądał na nią spokojnie, wzrokiem całkiem bez wyrazu. Najwyraźniej nie miał do niej za grosz szacunku, inaczej natychmiast przeprosiłby ją za swoje bezczelne zachowanie.

– Ty głupi chłopaku – rzuciła zdenerwowana i chciała iść dalej. Ale Aksel stał jej na drodze i żeby go minąć musiałaby wejść w mech i gałęzie, a tego wolała nie robić. Niestety, nie wyglądało na to, żeby chciał ją przepuścić.

Ada Strand nie znosiła chłopaka. Nie podobało się jej, że ktoś upośledzony mieszka w okolicy. Żałowała, że nie udało się go pozbyć dużo wcześniej.

– Nie jestem głupi – odparł Aksel.

Ada Strand zauważyła, że jego oczy pociemniały. Po plecach przebiegł jej zimny dreszcz. Czy on byłby w stanie zrobić jej krzywdę? Wielki nóż w jego dłoni wyglądał na niebezpieczny. Nie chciała się przekonać, czy jest bardzo ostry.

– Nie chciałam tego powiedzieć – zapewniła. Choć nie przyszło jej to łatwo, spróbowała nadać twarzy łagodniejszy wyraz. Zawsze była dobrą aktorką. Gdyby nie prowadziła hotelu, powinna występować na jakiejś scenie. Ale zarobki, które przynosił hotel, przewyższały znacznie to, na co mogłaby liczyć jako uboga aktorka teatralna. Ale jej talenty nie marnowały się również na co dzień. Nie raz i nie dwa udało się jej dzięki nim osiągnąć to, co chciała. Teraz najważniejsze było udobruchanie chłopaka, tak, aby ją przepuścił.

– Nie, oczywiście nie jesteś głupi – trajkotała dalej, uśmiechając się przymilnie. Niełatwo było obdarzać uśmiechem człowieka, którym w głębi duszy gardziła. – Przepraszam, że tak powiedziałam. Bardzo mnie wystraszyłeś. Byłam pogrążona w rozmyślaniach i nie spodziewałam się natknąć na kogoś w lesie. Czy możesz mi wybaczyć moje słowa?

Sama słyszała, jak sztucznie brzmią jej przeprosiny. Ale na szczęście udało jej się osiągnąć zamierzony efekt. Jego oczy zmieniły się. Wciąż patrzył na nią wrogo, ale groźny mrok uleciał z jego oczu.

– Gdybyś mógł być tak miły i przepuścić mnie... – Zrobiła ostrożnie krok naprzód. – Rodzina na mnie czeka. A na ciebie na pewno czeka Tulla?

Aksel poruszył się, ale tylko nieznacznie. Przechodząc, otarła się o jego ramię i wzdrygnęła. Ale uśmiech nie schodził z jej ust, choć sztywniała jej od niego szczęka.

– Dziękuję – wycedziła. *Ty głupi chłopaku!* – pomyślała, ale powstrzymała się od dalszych komentarzy.

Ulżyło jej dopiero kiedy znalazła się na ulicy.

– Zaczekaj tylko – mruknęła pod nosem. – Zaczekaj i zobaczysz, że twój czas na ulicy Plażowej się skończy. Będziesz niedługo zadręczał innych sąsiadów.

W kolejnych dniach Josefine często wracała myślami do Anny. Pewnego dnia Tulla upiekła ciasto migdałowe, a Josefine spytała, czy nie mogłaby zanieść kawałka młodej matce. Ciotka oczywiście się zgodziła. Ale kiedy Josefine w końcu dotarła na ulicę Krzywą, nikt nie otworzył jej drzwi, choć mogłaby przysiąc, że słyszy dobiegające ze środka odgłosy. Zastukała raz jeszcze, ale nie doczekała się odpowiedzi i musiała wrócić do domu rozczarowana.

– Może była czymś zajęta – powiedziała Tulla.

– A może myślała, że to ktoś inny – stwierdziła Martine.

Ostatni kawałek ciasta dostał się Akselowi, który zjadł go z apetytem. Spojrzał na nie i uśmiechnął się.

– Duże chłopaki muszą dużo jeść.

Tulla roześmiała się.

– Tak, jesteś dużym chłopakiem, Akselu. Musisz jeść do syta.

Z czasem myśli Josefine zajęły inne sprawy. Kilka dni później wyjmowała z szafy bluzkę, a kiedy zamknęła drzwi, coś wypadło zza mebla.

Zajrzała w szparę między szafą i ścianą, a jej oczom ukazało się niewielkie pudełko. Bezskutecznie próbowała sięgnąć po nie ręką. W końcu postanowiła przesunąć o kilka centymetrów szafę. Była ciężka i Josefine bardzo się namęczyła, ale ostatecznie zdołała wsunąć rękę w otwór za szafą i wyłowić stamtąd pudełko.

Było drewniane i ozdobione drobnymi muszelkami. Do wieczka przytwierdzona była mała zepsuta kłódka. Josefine otworzyła pudełko i jej oczom ukazały się przeróżne skarby. Piękna broszka, wyblakłe zdjęcie, loczek włosów i pamiętnik.

Z łomoczącym w piersi sercem Josefine spojrzała na fotografię. Była na nim uśmiechnięta matka, jeszcze w młodzieńczych latach. Rozpuszczone włosy opadały na ramiona i kręciły się lekko. Tak samo jak jej włosy. Wyglądała na szczęśliwą.

Usiadła na łóżku, przeciągając dłonią po fotografii. Dopadła ją ogromna tęsknota. Gdyby tylko matka wciąż żyła...

Otarła łzy i odłożyła zdjęcie. Wzięła do ręki zeszyt podpisany słowami *Pamiętnik Signe*. Otworzyła okładkę, czując silne pulsowanie w skroniach.

ROZDZIAŁ JEDENASTY

Drogi Pamiętniku,

Przyjechaliśmy wczoraj do Drøbak. Bzy kwitną, a sady są bardziej zielone niż kiedykolwiek. Zdążyłam już zapomnieć, jak tu jest pięknie. Całkiem jakby barwy kwiatów były tutaj intensywniejsze, a woda bardziej niebieska.

Karen i Lars ugościli mnie miło w Ringeplan, a maleńka Tora jest słodziutka. Uśmiechała się do mnie swoim uroczym, bezzębnym uśmiechem. Patrząc na nią zatęskniłam za moimi dziewczynkami. Martine niedługo będzie miała sześć lat, a Josefine jest już taka duża. Skończyła osiem lat i jest doskonałą starszą siostrzyczką. Cieszę się, że zobaczymy się już za kilka dni. Na razie jednak zamierzam cieszyć się czasem spędzonym w Drøbak. Nie mogę się doczekać, aby wystąpić na scenie w Badeparken. Moje marzenie z dzieciństwa nareszcie się spełni.

Ale pobyt tutaj ma też inne strony. Wzbiera we mnie niepokój. Dzisiaj wpadłam na NIEGO przy kościele. Nie potrafię opisać, jakie to spotkanie wywołało we mnie uczucia. Zostałam przeniesiona w czasie i czułam się znowu jak młoda dziewczyna. Wiem, że nie mam prawa do tych uczuć, bo przecież mam Gunnara i kocham go. Ale przy NIM wszystko inne jest nieistotne. Na jego widok serce wyrywa się z mojej piersi, czuję się przy nim taka żywa. Wiem, że to błąd, ogromny błąd, ale nadchodzącą noc zamierzam spędzić właśnie z nim. Pożądam go i widzę to samo pragnienie w jego oczach. Nie mam siły się temu sprzeciwić.

Dobry Boże, wybacz mi moje grzechy, ale chyba oszaleję z tęsknoty. Przy nim czuję się jakby cały świat zniknął.

Josefine pospiesznie przekartkowała notatnik, płonęła z ciekawości i chciała wiedzieć więcej, ale w pamiętniku nie było innych wpisów. Matka nie zdążyła napisać więcej.

Czuła silne pulsowanie w skroniach. Kim był mężczyzna, który wywarł tak silne wrażenie na matce? Który był tak niezwykły, że odbierał jej zdrowy osąd? Najwyraźniej chodziło o kogoś, kto w tamtym czasie mieszkał w Drøbak. Wpis datowany był na sobotę 3 czerwca 1899, czyli dzień, w którym matka została zamordowana, jeśli wierzyć treści artykułu w gazecie. To mogły być ostatnie słowa zapisane przez matkę przed śmiercią.

Josefine przeczytała dwie strony ponownie, a później jeszcze raz, aż łzy zaczęły kapać na kartki pamiętnika. Zamknęła zeszyt i wyjrzała przez okno. Proporczyk na dachu hotelu powiewał na wietrze. Przekręcał się to w jedną, to w drugą stronę, zwiastując nadchodzącą zmianę pogody.

W jej piersi zamiast serca była otwarta rana. Musiała odkryć prawdę o tamtym wydarzeniu. Musiała się dowiedzieć, kto zabił matkę i dlaczego. Wiedziała, że w innym wypadku nigdy nie zazna spokoju.

Pociągnęła nosem i otarła spływające po policzkach łzy. Nagle usłyszała czyjeś kroki na schodach i zamknęła pospiesznie wieczko pudełka. Wsunęła je pod kołdrę i usiadła na łóżku. W tej samej chwili otworzyły się drzwi i do pokoju weszła ciotka.

– Siedzisz tu sama? – spytała.

Josefine pokiwała głową. Miała nadzieję, że Tulla nie zauważy jej łez.

– Wiesz może, gdzie się podziewa twoja siostra? Jej sukienka jest gotowa i chciałabym, żeby ją przymierzyła.

– Czytała jakiś czas temu w ogrodzie – odparła Josefine. – Wołałaś ją?

– Tak, ale nie ma jej tam. Droga Josefine, czy mogłabyś jej poszukać? Bardzo chciałabym się przekonać, czy sukienka pasuje.

Wstała niechętnie z łóżka. Z jakiegoś powodu nie miała ochoty dzielić się z Tullą informacją o swoim znalezisku. Ciotka mogłaby pomyśleć, że Josefine szperała w jej rzeczach, a przecież tak wcale nie było. Znalazła pamiętnik przez przypadek.

Wyszła do ogrodu. Kwitnący bez przywodził jej na myśl matkę. Spędziła tutaj swoje ostatnie chwile. Dziwnie było o tym myśleć. Czy czuła się szczęśliwa? Nie pamiętała jej za dobrze razem z ojcem. Panowała między nimi raczej zgoda, nigdy się nie kłócili ani nie krzyczeli. Mimo to matka zakochała się w innym. Josefine nie podobała się ta świadomość. Cieszyła się z odnalezienia pamiętnika, ale równocześnie wolałaby o tym nie wiedzieć. W końcu jednak była bliżej prawdy niż kiedykolwiek przedtem. Gdyby udało jej się odszukać mężczyznę, o którym z taką pasją pisała matka w ostatnim wpisie, może odnalazłaby jej mordercę...

Josefine ruszyła do parku w poszukiwaniu siostry, ale nigdzie jej nie widziała. Zamiast tego zauważyła Kristiana pogrążonego w rozmowie ze starszą parą, zapewne hotelowymi gośćmi. Cofnęła się do furtki i postanowiła udać się na poszukiwania do Badeparken nieco później. Nie miała w tej chwili najmniejszej ochoty na spotkanie z Kristianem. Unikała go już od tygodnia.

Wyszła na ulicę, gdzie stał wytworny powóz. Najwyraźniej jacyś zamożni goście przyjechali do hotelu. Dało się to poznać po sukniach wysiadających kobiet. Miały na głowach kapelusze z szerokimi rondami, zdobione jedwabnymi wstążkami i piórami.

Powitał je Georg Strand, a kobiety poszły za nim, trajkocząc wesoło. Był idealnym dżentelmenem. Zawsze zachowywał się szarmancko i okazywał innym zainteresowanie. Kristian był do niego pod tym względem podobny. Przypomniały jej się słowa Tulli na temat łączącego ich zamiłowania do kobiet. Nie lubiła o tym myśleć.

Poszła dalej ulicą. Dziwne, że Martine nie powiedziała, gdzie się wybiera. To było do niej niepodobne.

Na rogu napotkała starszą kobietę, która na widok Josefine wyraźnie się zdumiała. Zbladła jak prześcieradło i wybałuszyła oczy. Przyłożyła dłoń do piersi, westchnęła głośno, a z drugiej dłoni wypadł jej koszyk z jabłkami, które rozsypały się po ulicy.

– Źle się pani czuje? – zaniepokoiła się Josefine, podtrzymując kobietę za ramię.

– Nie, wszystko w porządku. – Staruszka odetchnęła głęboko. – Pomożesz mi pozbierać jabłka? W moim wieku plecy odmawiają często posłuszeństwa.

Josefine pomogła chętnie, ale równocześnie zauważyła, że kobieta dziwnie się jej przygląda. Poczuła się niezręcznie.

— Jest pani pewna, że nic się nie stało? – spytała.

— Ależ oczywiście. – Kobieta otarła czoło brzegiem chusty. – Jest strasznie gorąco, źle się dzisiaj czuję. Nie chcę się uskarżać, ale wysokie temperatury nie są najlepszą rzeczą dla takich starowinek jak ja.

— Może poniosę pani koszyk? – zaoferowała Josefine.

— Nie, dziękuję, poradzę sobie. – Zawiesiła koszyk na przedramieniu i poszła dalej.

— W takim razie do widzenia – zawołała Josefine za zgarbioną kobietą.

Staruszka zatrzymała się i spojrzała na nią ponownie.

— Może jednak skorzystam z twojej pomocy – uśmiechnęła się.

Josefine nie dała się dwa razy prosić. Chwilę później pomagała starszej kobiecie wejść po schodach malutkiego domu przy ulicy Rybnej, wąskiej uliczce rozciągającej się między portem a rynkiem.

— Dziękuję – uśmiechnęła się kobieta, sięgając po koszyk. – Starość nie radość. Zazdroszczę wam, młodym. Możecie lekkim krokiem chodzić, gdzie tylko zechcecie. Ach, gdybym tylko też tak mogła. Czasem śnię o minionych latach. – Westchnęła głęboko. – Ale, niestety, nie da się cofnąć czasu.

– Młodzi również miewają zmartwienia – zauważyła Josefine.

– Oczywiście.

Staruszka przyjrzała się jej badawczo. – Ale przynajmniej macie dobre zdrowie, a to jest w życiu najważniejsze. Muszę już iść. Obiecałam wnuczce, że upiekę szarlotkę, dzisiaj są jej szóste urodziny.

– W takim razie proszę jej życzyć ode mnie wszystkiego najlepszego – uśmiechnęła się Josefine.

Kobieta skinęła głową, po czym weszła do domu i zamknęła za sobą drzwi.

Josefine zeszła po schodach na ulicę, czując czyjeś spojrzenie na swoich plecach. Odwróciwszy się stwierdziła, że to staruszka wygląda na nią spomiędzy zasłon. Kiedy spotkały się wzrokiem, kobieta szybko się skryła.

Cóż za dziwne zachowanie! Czyżby to z powodu jej podobieństwa do matki? Może powinna się przyzwyczaić do takich reakcji, teraz, kiedy zamieszkała w Drøbak.

Odsunęła od siebie wszelkie rozmyślania i postanowiła skoncentrować się na poszukiwaniach siostry. Gdzież ona się podziewała? Rozdrażnienie związane ze zniknięciem siostry mieszało się z szokiem wywołanym przez znalezienie pamiętnika matki.

Tak wiele wydarzyło się w ciągu zaledwie kilku tygodni, a Josefine wciąż przytłaczało otępiające uczucie smutku. Czy w końcu uda jej się odnaleźć jakieś odpowiedzi?

Poszła w kierunku przystani, do której przybił właśnie bryg. Na brzegu stał Jørgen Solvik, który uśmiechnął się na jej widok.

– Spaceruje panienka w ten piękny dzień? – spytał.

– Owszem – odparła Josefine. – Szukam siostry. Widział pan ją może?

– Tak, jakiś czas temu.

Solvik zamyślił się. – Była w sklepiku i rozmawialiśmy przez chwilę. A później poszła chyba do domu?

– Ach, tak – odparła Josefine i pożegnała się pospiesznie. Musiała zamienić z siostrą kilka stanowczych słów i wyjaśnić jej, że nie może tak po prostu ucinać sobie pogawędek z najbardziej znanym kawalerem w mieście. W takiej małej miejscowości ludzie w mgnieniu oka wezmą ją na języki.

Poszła dalej ścieżką prowadzącą nad wodą. Z Kristianii nadpływała potężna fregata. Kolejny statek z towarami do wyładowania. Jørgen Solvik musiał mieć pełne ręce roboty z tymi wszystkimi statkami. Josefine była ciekawa, dlaczego taki przystojny, zamożny mężczyzna wciąż jest kawalerem. Na pewno niejeden okoliczny bogacz życzyłby sobie takiego człowieka za zięcia. Może po prostu wciąż nie znalazł odpowiedniej kobiety?

Chciała pójść na skróty przez skały, kiedy nagle potknęła się o korzeń i padła na ziemię jak długa.

– Aua! – jęknęła z bólu, łapiąc się za nogę.

– Wszystko w porządku? – Znikąd pojawił się ciemnowłosy chłopak z najbardziej niebieskimi oczami, jakie kiedykolwiek widziała. Patrzył na nią zaniepokojony.

– Raczej nie. Boli mnie stopa, chyba ją złamałam.

– Pokaż. – Chłopak schylił się. Wyglądał na jej rówieśnika. Ostrożnie przyłożył dłoń do jej kostki.

– Wygląda na to, że jest tylko skręcona. Jeśli chcesz, odprowadzę cię do domu. – Pomógł jej wstać. – Możesz iść?

Josefine postawiła ostrożnie stopę na ziemi. Strasznie ją bolała, ale przy odrobinie pomocy miała szansę dotrzeć o własnych siłach do domu.

– Dziękuję. Jeśli mi pomożesz, na pewno dam radę – odparła z uśmiechem.

– Oczywiście. Chętnie pomagam kobietom w potrzebie. Szczególnie, jeśli są takie piękne jak ty – uśmiechnął się i wyciągnął dłoń. – Nazywam się Brage – dodał. – I wiem, że nazywasz się Josefine.

Zdumiała się, a on roześmiał się.

– Jesteśmy sąsiadami. Mieszkam przy Plażowej 2. Mój ojciec naprawiał jakiś czas temu wasz dach.

– Ach! Rolf Halvorsen to twój ojciec? Dziwne, że nie wpadliśmy na siebie wcześniej.

– Właściwie to wcale nie takie dziwne. Przez większą część dnia łowię z ojcem i jego załogą. Widziałem ciebie i twoją siostrę w parku, ale nie miałem do tej pory okazji się wam przedstawić.

– Rozumiem – odparła Josefine, odgarniając pasmo włosów z czoła. Brage był bardzo serdeczny i od razu go polubiła.

Pomógł jej iść kawałek ścieżką, ale po chwili musiała się zatrzymać. – Wszystko w porządku? – spytał zaniepokojony Brage.

– Tak, ale na pewno nie zdążymy do domu przed zmrokiem.

Roześmiał się.

– Jesteś bardzo dzielna. A noga będzie pewnie boleć jeszcze przez kilka dni.

– Oby tylko przestała boleć przed zabawą w Badeparken.

– Na pewno. To jeszcze dwa tygodnie, do tego czasu się poprawi. Może pozwolisz się zaprosić do tańca w ramach podziękowania? – spytał wesoło.

– Możesz na to liczyć – obiecała Josefine. – Jeśli tylko noga będzie zdrowa.

Poszli dalej, na szczęście końcówka drogi okazała się nieco łatwiejsza, kiedy Josefine zdążyła przyzwyczaić się do bólu. Kiedy dotarli do domu ciotki, Brage otworzył furtkę i poprowadził ją na werandę.

– Do widzenia, Josefine Vik – uśmiechnął się.
– Dziękuję za pomoc. Może wejdziesz do środka przywitać się z Martine i Tullą? – zaproponowała.
– Innym razem – odparł Brage. – Muszę już wracać do domu.

Przy furtce odwrócił się i pomachał na pożegnanie.

Emma przyłożyła nos do szyby. Nie odrywała wzroku od dwóch postaci, aż zniknęły z zasięgu jej wzroku.

Poczuła nieprzyjemne kłucie w piersi. Brage miał oczywiście prawo rozmawiać z innymi ludźmi. Zawsze był wesoły i towarzyski, w przeciwieństwie do niej. Ale kiedy trzymał Josefine w taki sposób...

Emma była zazdrosna i nie podobało jej się to uczucie. Brage należał do niej, chociaż nigdy o tym nie rozmawiali.

– Na co tak się gapisz? – spytała Viktoria.
Emma zamarła. Nie zauważyła, że siostra weszła do pokoju.
– Na nic – odparła, odwracając się.

– Zamiast gapić się na nic, lepiej zejdź ze mną do sali bankietowej. Za kilka godzin zacznie się przyjęcie. Nie mogę się doczekać.

Viktoria zdążyła już się wystroić i przebierała niecierpliwie nogami. Ale Emma nie miała najmniejszej ochoty uczestniczyć w przyjęciu zorganizowanym przez matkę. Jego jedynym celem było przedstawienie córek najzamożniejszym kawalerom w okolicy. A Emma nie chciała ich poznawać. Nie obchodziły jej ich bogactwa, bo jedyną osobą, której pragnęła, był Brage.

– Nie mogę się doczekać – powtórzyła Viktoria. – Najbardziej się cieszę na spotkanie z Jørgenem Solvikiem. To najbogatszy kawaler w całym mieście. Ale niewykluczone, że pojawi się tu więcej ludzi jego kalibru. Syn lensmanna nie jest wcale taki zły... Ale będą też inni. Kto wie, może matka zaprosiła nawet jakiegoś konsula z Kristianii. Czy to nie byłoby wspaniałe, Emmo?

– Tak – westchnęła ponuro.

– Och, siostro. – Viktoria wyglądała na rozczarowaną. – Czasem życzyłabym sobie innego rodzeństwa. Jesteś taką nudziarą.

To były okrutne słowa, ale Emma nie miała ochoty zaprzątać sobie nimi głowy. Sprawiły jej o wiele mniejszą przykrość niż widok Bragego i Josefine.

– Poznałaś brata Anny? – spytała Tulla, otwierając drzwi. – Zdawało mi się, że słyszałam głos Bragego.

– On jest bratem Anny? – spytała Josefine. Utykając przeszła przez próg. – Pomógł mi wrócić z parku, bo zraniłam nogę.

Tulla spojrzała zatroskana na jej stopę.

– Wejdź do domu. Nie wygląda to najlepiej.

– Tak, strasznie mnie boli.

Josefine pokuśtykała do salonu, gdzie zastała przy stole Martine i Aksela.

– Co się stało? – spytała siostra.

– Nieważne. Bardziej mnie interesuje, gdzie się podziewałaś przez cały dzień?

– Spokojnie, Josefine. Martine wróciła krótko po tym, jak wyszłaś z domu – wyjaśniła Tulla. – Mierzyła już sukienkę i pasuje na nią jak ulał. Ale co się właściwie stało z twoją stopą? Poszukam czegoś do zrobienia opatrunku.

– Ale... – Josefine nie chciała, żeby Martine się wywinęła.

– Wiem, że jako moja starsza siostra czujesz się za mnie odpowiedzialna, ale nie jesteś moją matką – zauważyła gorzko Martine.

– Zgadza się, twoja matka nie żyje – burknęła Josefine.

– Przestańcie już – przerwała im Tulla. – Kłótnia w niczym nie pomoże.

Może nie – pomyślała Josefine. Ale Martine nie powinna mieć zbyt wiele wolności. Od czasu śmierci ojca czuła się za siostrę odpowiedzialna.

Późnym wieczorem Josefine kuśtykając weszła po schodach. Położyła się do łóżka ze spuchniętą nogą, zła na siebie, że tak głupio ją uszkodziła. Musiała teraz przez kilka dni się oszczędzać. Brakowało jej cierpliwości, żeby usiedzieć bez ruchu. Czuła się dziwnie niespokojna. Może miało to jakiś związek z Kristianem, o którym nie mogła przestać myśleć. A może z matką i strasznym losem, jaki ją spotkał. Josefine pragnęła zobaczyć ponownie pamiętnik, ale wolała najpierw upewnić się, że Martine już śpi.

Minęło wiele czasu, zanim oddech siostry wreszcie stał się miarowy. Josefine wierciła się niecierpliwie, czekając z utęsknieniem na moment, kiedy będzie mogła zajrzeć do zeszytu. Ale kiedy wreszcie otworzyła szufladę komody i wsunęła dłoń pod niebieską bluzkę, po pamiętniku nie było śladu. Wyjęła bluzkę z szuflady i spojrzała do środka. Przesunęła chusty, myśląc, że pamiętnik ukrył się pod nimi, ale nie było po nim śladu.

Josefine usiadła na łóżku. Miała sucho w ustach. Była absolutnie pewna, że właśnie tam schowała zeszyt. Sam przecież się nie ulotnił, więc ktoś najwyraźniej go stamtąd zabrał. Ale kto?

Dla Emmy cały wieczór był udręką. Jej głowę wypełniały myśli o Bragem i tęsknota za nim, tymczasem była zmuszona zabawiać gości. Bez przerwy ktoś czegoś od niej chciał. Jednak to głównie Viktoria nie mogła się opędzić od adoratorów. Chociaż były podobne z wyglądu, to siostra przyciągała uwagę ludzi. Była otwarta i zabawna, zawsze miała coś do powiedzenia. Emmie wcale to nie przeszkadzało. Żaden z obecnych na przyjęciu kawalerów nie interesował jej w najmniejszym stopniu. Jej serce należało do Bragego.

Przewracała się w łóżku. Cieszyła się, kiedy przyjęcie dobiegło końca i udało jej się wymknąć. Nie wiedziała, jak wiele tańców musiała odtańczyć z adoratorami, głównie z synem lensmanna. Zatroszczyła się o to matka. Nie było w tym zresztą nic złego, był całkiem miły, ale wcale nie potrafił tańczyć i bez przerwy następował na jej stopy. Emma został przez to na nodze czerwony odcisk. Gdyby go zobaczył, byłoby mu za siebie wstyd.

Zamknęła oczy. Wyobraziła sobie, że tańczy z Bragem. Nie raz robili to potajemnie w parku, z dala od ciekawskich spojrzeń. Brage potrafił doskonale tańczyć i ani razu nie nadepnął jej na stopę.

– Brage, mój ukochany – szepnęła cicho i po chwili zasnęła.

ROZDZIAŁ DWUNASTY

Przed snem Josefine jeszcze długo szukała pamiętnika, ale w końcu się poddała. Nie pozostał po nim ślad. Najwyraźniej ktoś musiał być w jej pokoju i zabrał go. Może to Tulla? A może Aksel? Przeszył ją zimny dreszcz. Na pewno nie była to Martine, bo przecież nie było jej w tym czasie w domu.

Westchnęła i zeszła po schodach. Kostka była okropnie spuchnięta i wciąż bolała, ale nie tak dotkliwie jak poprzedniego dnia.

Kiedy dotarła do holu, rozległo się stukanie do drzwi. Otworzyła i ku swemu zdziwieniu zobaczyła Adę Strand, trzymającą w dłoni list. Ubrana w kapelusz z szerokim rondem i białe rękawiczki, zamachała kopertą przed nosem Josefine. Zmrużyła oczy i nieprzyjaznym tonem spytała, czy zastała Tullę.

– Ciotka wyszła. Czy mogę przekazać jakąś wiadomość?

– Upewnij się, że przeczyta to pismo jak najszybciej – poleciła Ada Strand. – To bardzo ważne!

To powiedziawszy, odwróciła się na pięcie i zdecydowanym krokiem ruszyła do furtki, której następnie nawet za sobą nie zamknęła. Poszła ulicą w kierunku bramy hotelowej, a Josefine została na schodach z listem w dłoni, zła za to, w jaki sposób odniosła się do niej Ada Strand.

Spojrzała na list, ciekawa, na ile paląca jest ta sprawa. Na szczęście nie musiała się zastanawiać długo, bo chwilę później powróciła Tulla.

– List od Ady Strand. No, proszę – stwierdziła ciotka, otwierając kopertę. Przeczytawszy zaledwie kilka słów pobladła wyraźnie. – To niemożliwe! – Zachwiała się, a Josefine podsunęła jej krzesło, żeby mogła usiąść.

Tulla przeczytała list raz jeszcze w całości i podniosła wzrok. Była wyraźnie poruszona. Nawet Aksel przerwał struganie i spojrzał na nią zaniepokojony.

– Ta okropna baba – powiedziała, ocierając dłonią czoło. – Josefine, czy mogłabyś mi podać coś do picia? Zaschło mi w ustach.

Josefine poszła do kuchni tak szybko, na ile pozwalała jej noga. Nalała z dzbanka wody do szklanki i zaniosła ją pospiesznie do salonu.

Tulla napiła się łapczywie.

– Coś się stało? – zaciekawiła się Martine.

– Pytasz, czy coś się stało? – Tulla odchrząknęła, jej twarz zaczęła odzyskiwać kolor. Odstawiła opróżnioną szklankę na stół. – Możesz być tego pewna. Ada Strand chce rozbudować hotel i w tym celu zamierza nas pozbawić domu. Ten dokument to zawiadomienie o eksmisji – wyjaśniła wściekła, wymachując kartką. – Utrzymuje, że prawo stoi po jej stronie. Ta kobieta jest bezczelna! Wydaje jej się chyba, że całe Drøbak jest jej własnością.

– Czy ona może to zrobić? – zaniepokoiła się Martine. – Może nas stąd wyrzucić?

– Ada Strand zazwyczaj stawia na swoim, ale nie, tym razem natknęła się na godną przeciwniczkę. Nie zamierzam się z tym pogodzić.

– Ale co takiego możesz zrobić? – spytała zmartwiona Josefine. Zauważyła, że Aksel przygarbił się, a jego twarz przybrała zlękniony wyraz. Najpewniej panicznie bał się tego, co się z nim stanie, jeśli Tulla rzeczywiście zostanie eksmitowana.

– Przede wszystkim udam się do sędziego – powiedziała ciotka, wstając. – Muszę się dowiedzieć, czy Ada Strand ma jakiekolwiek podstawy do tego, żeby tak postępować. Kupiłam dom za własne pieniądze i mam do niego akt własności. Ale jeśli ona naprawdę jest właścicielką gruntu, tak jak twierdzi, to nie wiem, co się stanie. Ale nie zamierzam się poddawać bez walki, możecie mi wierzyć.

Tulla weszła na piętro ciężkim krokiem i jakiś czas później zeszła ponownie na dół przebrana w świeżą sukienkę i włosami zebranymi w koczek.

– Powiem sędziemu dokładnie to, co myślę na temat Ady Strand. To praworządny człowiek i jestem pewna, że odniesie się odpowiednio do tej sprawy.

Josefine modliła się w duszy, aby Tulla miała rację.

Drzwi zatrzasnęły się z hukiem. We trójkę siedzieli długo w milczeniu, pełni obaw związanych z zagrożeniem, jakie na nich spadło.

Pierwszy przerwał ciszę Aksel.

– Ona jest zła – powiedział, patrząc przed siebie niewidzącym wzrokiem i kręcąc lekko głową.

Josefine podeszła do stołu. Aksel ściskał tak mocno w dłoni nóż do strugania, że aż pobielały mu kostki. Zerknęła na nóż, następnie na zasępioną twarz Aksela i ogarnął ją lekki niepokój.

– Jestem pewna, że wszystko się dobrze skończy – zapewniła, starając się brzmieć naturalnie. W rzeczywistości jednak była ogromnie zaniepokojona. Tulla stworzyła dla nich dom, bezpieczną przystań w nowym mieście. Co się stanie, jeśli wylądują na ulicy?

Aksel nie chciał jej słuchać. Zamiast tego powtórzył, z jeszcze ciemniejszym wzrokiem, że Ada Strand jest zła.

Josefine zerknęła na siostrę i dostrzegła w jej oczach ten sam niepokój. W głosie Aksela pobrzmiewało coś mrocznego i niebezpiecznego. Był pełen agresji i Josefine domyślała się, że ta kobieta musiała wyrządzić mu jakąś okropną krzywdę, skoro tak bardzo jej nienawidził.

– Wydaje jej się tylko, że ma prawo po swojej stronie – wyjaśniła Josefine, kładąc dłoń na jego ramieniu.

Bardzo chciała pocieszyć Aksela albo przynajmniej trochę go uspokoić. Ale nie było to wcale takie proste, bo sama również była zdenerwowana.

Nagle Aksel zerwał się z krzesła z takim impetem, że aż się przewróciło.

– Ona nigdy nie zdoła nas stąd wypędzić – zawołał i ruszył w kierunku drzwi z nożem w dłoni.

– Dobry Boże, cała drżysz – powiedziała Martine, zbliżając się do siostry.

Josefine spojrzała na swoje trzęsące się dłonie.

– Nic mi nie jest, tylko się przestraszyłam. Nie wiedziałam, że Aksel ma w sobie tyle złości. Jego nienawiść wobec Ady Strand nie zna granic.

Martine objęła ją ramieniem.

– Może powinnyśmy za nim pójść? On ma przy sobie nóż.

– Nie sądzę, by to w czymś pomogło. Tylko Tulla może teraz nad nim zapanować. Mam nadzieję, że wróci niedługo od sędziego.

– Oby tylko nie zranił nikogo tym nożem – zaniepokoiła się Martine.

Siedziały przez chwilę bez słowa.

– Wszystko będzie dobrze – powtórzyła w końcu Josefine, ściskając dłoń siostry.

Ale atmosfera pozostała napięta.

Nie poprawiła się również, kiedy wróciła Tulla. Wyglądała na pokonaną.

– Sędzia nie wie, co można w tej sytuacji zrobić – rzekła, zdejmując rękawiczki i rzucając je na ziemię. – Powiedział, że działka należy do hotelu. Kupiłam tylko dom.

– Zostałaś oszukana? – spytała Josefine.

– Można to tak ująć. Sędzia uważa, że Ada Strand ma prawo po swojej stronie.

– Więc nie będziemy tu dłużej mieszkać? – spytała Martine płaczliwym głosem.

– Ależ tak, Martine. Już wam mówiłam, że nie zamierzam się poddawać bez walki. Ada Strand będzie musiała użyć przemocy, jeśli chce mnie stąd usunąć. Przykuję się do domu łańcuchami, jeśli będę musiała.

Josefine powiedziała, co się stało z Akselem, a ciotka zaniepokoiła się wyraźnie.

– Pójdę go poszukać. Postaram się go uspokoić i zapewnić, że nie musimy się wcale wyprowadzać.

– Czy ona naprawdę ma prawo żądać eksmisji nawet jeśli odmówisz? – spytała Josefine.

– Owszem. Ale jeszcze nie wie, z kim będzie miała do czynienia.

Josefine zaoferowała, że pomogą ciotce szukać Aksela, ale Tulla wolała pójść sama.

– W tej chwili tylko ja mam szansę go uspokoić – wyjaśniła i wyszła.

Na zewnątrz szalała wichura. Wiatr uderzał drzwiami werandy, więc Josefine pospieszyła, żeby je zamknąć. Wyjrzała w kierunku parku, który zawsze wydawał się taki sielankowy i pomyślała, że gdzieś tam krąży Aksel z nożem w dłoni. Nie była to przyjemna myśl.

Josefine stała na werandzie, wyglądając na usiane gwiazdami niebo. Tulla i Aksel wciąż nie wrócili do domu. Robiła się coraz bardziej niespokojna i czuła, że coś jest nie tak. Oby tylko nic się nie stało. Dlaczego jeszcze ich nie było?

Z otwartego hotelowego okna dobiegł śmiech kobiety. Następnie dał się słyszeć donośny jak dzwon głos mężczyzny. Po kilku tygodniach spędzonych w domu ciotki przyzwyczaiła się już do tych odgłosów. Niewielka łódka zbliżała się do przystani. Wiatr zmieniał kierunek, a żaglówka płynęła spokojnie w świetle księżyca. Przybiła wkrótce do brzegu przy plaży Parrstranda.

Dziwne, że jeszcze ich nie ma – pomyślała ponownie Josefine. Może powinna wybrać się na poszukiwania? Ledwie zdążyła to pomyśleć, gdy w parku rozległ się przerażający krzyk.

Josefine zamarła. Wytężając wzrok próbowała dostrzec krzyczącą kobietę, ale nic nie widziała w mroku.

Krzyk rozległ się ponownie, a Josefine odwróciła wzrok w kierunku hotelu. Duża grupa ludzi zebrała się w ogrodzie i wskazywała na coś, ale z tej odległości nie widziała, co ich tak zainteresowało.

Narzuciła na ramiona chustę i pobiegła do parku. Ludzie tłoczyli się, wskazując wschodnią ścianę budynku.

Josefine powiodła wzrokiem w tym kierunku i zaniemówiła z przerażenia. Ze ściany zwisała kobieta z długimi, czarnymi włosami oraz pętlą na szyi. Jej szyja była zgięta, a czarne włosy falowały na wietrze. Dopiero po chwili Josefine uświadomiła sobie, że nie patrzy na prawdziwą kobietę, lecz na lalkę. Bardzo realistyczną lalkę.

Po chwili przez przerażony tłum przebiegło westchnienie ulgi.

– To tylko lalka – powiedział ktoś.

– Rzeczywiście – przyznał ktoś inny.

– Dobry Boże, co za makabryczny żart – stwierdził kolejny głos. – Któż mógł to zrobić i dlaczego?

Nikt nie potrafił znaleźć sensownego wyjaśnienia. Nikt też nie ruszał się z miejsca, wszyscy patrzyli jak zahipnotyzowani na lalkę. Dopiero kiedy z budynku hotelu nadeszła Ada Strand i wściekłym głosem kazała ludziom się rozejść, tłum zaczął się powoli przerzedzać.

Za plecami Ady stanął lensmann Jeger.

– Koniec przedstawienia, wracajcie do domów – polecił władczym tonem.

Ada spojrzała na niego płaczliwym wzrokiem i zadała pytanie, które stawiali sobie wszyscy zgromadzeni.

– Któż mógł coś takiego zrobić, lensmannie?

Mężczyzna pokręcił głową i wzruszył ramionami.

– Nie wiem, pani Strand, trudno powiedzieć. Ktoś chciał sobie zrobić żart. Może ktoś, kto ma nie po kolei w głowie?

Kiedy tylko to powiedział, oczy Ady Strand pociemniały, a twarz nabrała kolorów.

– Mieszka taki jeden w sąsiednim domu, u Tulli Eriksen – stwierdziła wściekła. – Aksel, ten dziwny chłopak, mógł się na coś takiego zdobyć. Myślę, że najlepiej byłoby od razu to wyjaśnić, lensmannie.

– Dobrze – pokiwał głową mężczyzna i ruszył w kierunku domu przy Plażowej 4. Josefine poczuła, że ciarki przebiegły po jej plecach. – Utnę sobie pogawędkę z tym Akselem. Jeśli jest winien, zostanie ukarany.

Josefine otuliła się mocniej chustą. Kiedy Ada powtórzyła, że lensmann powinien jak najszybciej porozmawiać z Akselem, odwróciła się na pięcie i pobiegła do domu, modląc się w myślach, żeby Aksel i Tulla już zdążyli wrócić.

Na szczęście jej modlitwy zostały wysłuchane. Kiedy wróciła, na werandzie czekała na nią niezadowolona Tulla.

– Josefine, jakby mało tego było, że przez kilka godzin musiałam szukać Aksela, nagle ty gdzieś znikasz.

Nie chciała marnować czasu na dyskusje. Zdyszana opowiedziała szybko o tym, co się stało i że lensmann za chwilę przyjdzie. Ledwie zdążyła to powiedzieć, gdy rozległy się trzy głośne uderzenia do drzwi.

Tulla pobladła i otarła dłonią czoło.

– Josefine – szepnęła. – Biegnij na górę do Aksela i każ mu się położyć. Niech udaje, że spał przez ten cały czas, na wypadek, gdyby lensmann chciał to sprawdzić.

Ciotka poszła otworzyć drzwi, a Josefine wbiegła na piętro.

Kiedy weszła do sypialni, Aksel siedział na łóżku z kolanami podciągniętymi pod brodę.

Wyjaśniła mu pokrótce, co powinien zrobić. Nie zareagował do czasu, aż powtórzyła polecenie po raz trzeci stanowczym tonem. Dopiero wtedy położył się i nakrył kołdrą. Josefine kazała mu zamknąć oczy. Widziała, że jego powieki drżą i była pewna, że nie zdoła utrzymać zamkniętych oczu, jeśli lensmann wejdzie do pokoju. Powoli zaczęła się niepokoić.

Ale z jakiegoś powodu urzędnik zawrócił już na schodach werandy. Cokolwiek powiedziała Tulla, zdołała go uspokoić. Josefine odetchnęła z ulgą, słysząc, że drzwi wejściowe zamykają się cicho.

– Niebezpieczeństwo minęło. Idź już spać, na pewno jesteś zmęczony.

– Ona nie może nas stąd przepędzić – powiedział Aksel. Jego oczy znów pociemniały.

– Oczywiście, że nie – zapewniła Josefine. – Jestem przekonana, że Tulla znajdzie jakieś rozwiązanie.

Aksel położył się ponownie, a Josefine przykryła go kołdrą. Kiedy nachyliła się, żeby zdmuchnąć świecę, zauważyła wystający zza szafki nocnej kawałek liny.

Wzięła ją do ręki i odwróciła się do Aksela, aby spytać, skąd się tam wzięła. Ale on zdążył już zasnąć.

Wbiła wzrok w linę. Była gruba i miała nieco poszarpane brzegi. Możliwe, że był to fragment liny do cumowania łodzi. Ale przecież Aksel nie miał nic do czynienia ze statkami?

Próbowała sobie przypomnieć, jak wyglądała lina owinięta wokół szyi makabrycznej lalki, ale na nic się to nie zdało.

Josefine poszła do sypialni i położyła się. Drżała na całym ciele i długo leżała niespokojna, nasłuchując odgłosów dobiegających z parku i rozmyślając.

Czy był to tylko okrutny żart? A może raczej ostrzeżenie?

ROZDZIAŁ TRZYNASTY

Emma zauważyła zmierzającego ścieżką w kierunku wody Bragego. Zebrała spódnice i pobiegła za nim. Kiedy była już blisko, musiała zatrzymać się i zaczerpnąć oddechu. Szedł szybko, pogrążony we własnych myślach i wcale jej nie widział.

– Brage, zaczekaj! – Podbiegła ponownie. – Nie widziałam cię od kilku dni.

Brage zamarł.

– Emmo, ale mnie przestraszyłaś. – Posłał jej skruszony uśmiech. – Byłem bardzo zajęty, dlatego się nie widzieliśmy.

Spojrzała na trzymane przez niego w rękach wiadro i wędkę.

– Idziesz na ryby?

– Tak – odparł. – Ale lepiej nie idź ze mną. Jeśli ktoś nas zobaczy...

Emma była zraniona. Od czasu pocałunku powstała między nimi przepaść. Nie wierzyła, że miał więcej pracy niż dotychczas. Co on sobie właściwie myślał? Że próbowała zmusić go siłą do małżeństwa?

– Nie raz chodziłam z tobą na ryby – powiedziała urażona. – Chociaż mnie pocałowałeś... – Oblała się rumieńcem, ale musiała dokończyć myśl. – Nic się miedzy nami nie zmieniło, prawda?

Przyjrzał się jej poważnie, ale po chwili jego twarz rozpromienił wesoły uśmiech. Była na siebie zła za to, że tak łatwo potrafił ją przejrzeć

– Och, Emmo – roześmiał się. – Ten pocałunek znaczył dla mnie więcej, niż możesz się domyślać – dodał poważnie.

Westchnął i odwrócił głowę. Jego następne słowa wypłynęły szeptem zza zaciśniętych zębów. Musiała wytężyć słuch, żeby go usłyszeć.

– To nie ma z tobą nic wspólnego. Twoja matka wręczyła nam zawiadomienie o eksmisji. Mamy miesiąc na to, żeby się wyprowadzić.

Emma zaniemówiła. Zrobiło jej się słabo. Nie tylko przez to, co powiedział, ale i na twardość w jego głosie. Działania matki miały ogromne konsekwencje dla niego i całej jego rodziny.

– Pomyśl tylko, Emmo, twoja matka naprawdę chce się nas pozbyć. Twoi rodzice chcą rozbudować hotel. Zastanawiam się tylko, na co im tyle miejsca. Czy hotel nie jest już wystarczająco wielki? Możliwe, że mają w lecie komplet gości, ale zimą żywa dusza nie przyjeżdża do Drøbak i na co wam wtedy będzie ten wielki budynek?

Był zgorzkniały, nigdy go takim nie widziała. Znała Bragego od najmłodszych lat i zwykle był pogodny. Teraz jego oczy były poważne i pełne mroku.

– Nie wiem... – odparła Emma zrozpaczona. Posmutniała bardzo. – Nie mogę nic poradzić na to, jak rodzice zarządzają hotelem, Brage.

– Wiem, Emmo – westchnął. – Nie ma to nic wspólnego z tobą, tylko jestem w tej chwili zły. Tulla Eriksen również dostała zawiadomienie i nie posiada się ze wściekłości.

– Wyobrażam sobie – westchnęła. Sama również była zła, ale wiedziała, że nie może zmienić tej sytuacji. Miała w głowie natłok myśli. Gdyby tylko jakoś mogła wpłynąć na matkę i zmienić jej zdanie.

– Nie wiem, co robić – dodał wściekły Brage. – Twoja matka ma wiele władzy w tym mieście, to jasne. I nie mam wątpliwości, że również tym razem uda się jej dopiąć swego. Nawet po trupach dojdzie do celu.

Słowa Bragego sprawiały jej przykrość, ale dobrze go rozumiała. Bardzo chciała go pocieszyć, ale nie wiedziała jak, brakowało jej słów. A przecież nigdy dotąd nie miała problemu w rozmowach z nim. Dorastali razem, byli jak papużki nierozłączki, chociaż matka nigdy tego nie pochwalała.

Brage poszedł dalej, zostawiając ją samą. Powiodła za nim wzrokiem. Jego plecy były bardziej zgarbione niż zwykle.

Ruszyła za nim. Jej serce łamało się ze współczucia. Szedł dobrze znaną ścieżką, prowadzącą do skał nad fiordem. Usiadł na głazie, na którym siadywał już setki razy i który był wystarczająco duży dla nich obojga. Tym razem jednak zajął miejsce na samym środku i postawił obok siebie wiadro, tak aby nie starczyło miejsca dla niej.

Emma chciała płakać. Więc to nie pocałunek stworzył między nimi dystans, tylko jej własna matka. Była zła i smutna równocześnie.

Kucnęła obok głazu. Nie obchodziło jej, że spódnica może się pobrudzić.

Brage zaczepił przynętę na haczyku i zarzucił wędkę. Długo nie odzywali się do siebie. Emma pomyślała o wszystkich dniach, które spędzili na łowieniu ryb albo polowaniu. Kiedy z uśmiechem uciszał ją, tłumacząc cierpliwie, że łatwiej będzie im złowić rybę w milczeniu. Nie rozumiała za bardzo, w jaki sposób ryba miałaby coś usłyszeć pod wodą i żartowała sobie z niego. Jak mógł myśleć, że ryby mają uszy! Zaśmiał się wtedy dobrodusznie.

– Nie zapominaj, Emmo, że jestem synem rybaka. Sam też jestem rybakiem. Na żadnej innej sprawie nie znam się lepiej, jak na łowieniu.

Brage pociągnął mocno za wędkę, wyjmując haczyk z wody. Zwisała z niego dorodna makrela. Złapał ją, sprawnym ruchem ukręcił jej kark i wrzucił do wiadra. Emmie wszystko to wydawało się obrzydliwe i nigdy nie mogła nawyknąć do tego widoku.

– Spróbuję porozmawiać z matką – powiedziała. – Musi zmienić zdanie. Nie może was tak po prostu wyrzucić.

Kiedy tylko wypowiedziała te słowa, sama zauważyła, jak bardzo były bezsensowne. Matka nigdy by jej nie posłuchała.

Brage też najwyraźniej tak pomyślał.

– Dlaczego miałaby zmienić zdanie? Twoja matka to bezwzględna kobieta interesu, która zawsze dopina swego. Dlaczego miałaby baczyć na nas?

– W takim razie pomówię z ojcem – pospieszyła z odpowiedzią Emma. – Może zdoła ją przekonać.

– Tak, jakby to miało coś zmienić – odparł oschle Brage. – Jest sługą swojej żony, wszyscy o tym wiedzą. W waszym domu o wszystkim decyduje matka.

– No to pomówię z dziadkiem – oświadczyła stanowczo.

Brage nie odpowiedział, westchnął tylko. Doskonale wiedziała, że na nic się to nie zda.

Przyjrzała mu się. Nienawidziła dystansu, który pojawił się między nimi. Kiedy się ostatnio widzieli, śmiali się i żartowali. Poszli łowić kraby, a jeden z nich przyczepił się do jej sukienki. Właściwie nie bała się krabów, ale mimo to poprosiła Bragego, żeby go zabrał. Później spojrzał na nią swymi pięknymi, niebieskimi oczami, na wpół poważnie, na wpół wesoło. Nagle pocałował ją. Ten pocałunek zmienił wszystko. Nie był już dla niej dłużej tym samym Bragem, którego znała od lat. Chłopiec, który był jej najlepszym przyjacielem i z którym musiała się spotykać w tajemnicy przed rodzicami, stał się nagle mężczyzną. A ona z dziewczynki zmieniła się w płonącą z pożądania kobietę. Odwzajemniła pocałunek z namiętnością, która ją przeraziła. Oplotła ramiona wokół jego szyi i przylgnęła do niego całym ciałem. W końcu to on oprzytomniał i wyrwał się z jej uścisku. Zdyszany i uśmiechnięty, zdumiony ich zachowaniem i tym, co narodziło się między nimi.

Brage odwrócił się do niej, jego oczy były łagodne.

– Emmo, nie jestem zły na ciebie. To nie twoja wina, że masz wiedźmę za matkę. Po prostu jestem zrozpaczony. Ojciec się wścieka i chce się zemścić na twojej matce. Mam nadzieję, że nie zrobi nic głupiego. Nigdy go takim nie widziałem.

Po plecach Emmy przebiegł zimny dreszcz. Przyszedł jej na myśl koszmarny żart z lalką na ścianie domu. Ktoś chciał ich skrzywdzić, nie miała wątpliwości.

– Zemścić się... Jak myślisz, co może zrobić?

– Nie wiem. Pewnie nic. Mówi tak tylko, bo jest zły. Ale twoja matka niszczy nam życie.

Emma była załamana i widząc to złagodniał.

– Usiądź obok mnie, Emmo. – Zdjął z głazu wiadro i zrobił jej miejsce.

Nie kazała się dwa razy prosić. Bardzo chciała być znowu blisko niego. Usiadła u jego boku, a on objął ją ramieniem. Po chwili spojrzał na nią rozbawiony.

– Myślałaś, że żałuję naszego pocałunku?

– Tak... – odparła cicho, rumieniąc się.

– Ten pocałunek to było najlepsze, co mi się w życiu przydarzyło – oświadczył Brage.

Emma zawstydziła się. To było dziwne uczucie, nigdy przedtem nie musiała się wstydzić w jego towarzystwie.

– Widziałam, że poznałeś Josefine – powiedziała. – Tę nową dziewczynę, która mieszka u Tulli Eriksen. – Wciąż czuła ukąszenie zazdrości na myśl o tym, jak przyglądała im się parę dni temu zza zasłon w swoim pokoju. To, że inna dziewczyna zbliżyła się tak do jej Bragego, sprawiało jej fizyczny ból.

– Pomogłem jej tylko wrócić do domu, bo skręciła kostkę. Chyba nie jesteś o nią zazdrosna? – Przyjrzał jej się badawczo z wyraźnym rozbawieniem.

– Oczywiście, że nie – odparła Emma, ale oboje wiedzieli, że to nieprawda.

Siedzieli tak jeszcze przez jakiś czas, przytuleni do siebie. Brage raz po raz zarzucał na nowo wędkę. Oboje pogrążeni byli w myślach o tym, co stało się między nimi i o problemach, których narobiła jej matka.

– Emmo! Eeeeemmo! – Głos Viktorii zakłócał spokój letniego wieczora. – Emmo, gdzie się podziewasz? – zawołała ponownie. Josefine podeszła do okna i wyjrzała na dwór. Viktoria chodziła po hotelowym ogrodzie i wołała siostrę.

– Emma się zgubiła? – zawołała Josefine.

Viktoria podniosła wzrok.

– Nie przyszła na obiad i matka jest wściekła.

Josefine zastanawiała się, czy powinna pomóc w poszukiwaniach. Musiał być jakiś powód, dla którego Emma nie wróciła na obiad. Nikt przecież z własnej woli nie chciał się narażać na wściekłość Ady Strand.

Poza tym miała ochotę wyjść na świeże powietrze. Tulla siedziała z nosem w przepisach i ustawach, szukając sposobu na zachowanie domu. Skończyły na dzisiaj pracę, a Martine wciąż siedziała nad swoją nieśmiertelną robótką, której nie była w stanie dokończyć. Josefine doskonale wiedziała, dlaczego siostra tak się męczy.

Ćwiczyła, żeby być idealną żoną dla swojego przyszłego męża.

Aksel wciąż był przygnębiony. Nie wystrugał ani jednej figurki od czasu, kiedy Ada Strand wręczyła im zawiadomienie o eksmisji.

Ale Viktoria i Emma nie miały z tą sprawą nic wspólnego.

Josefine włożyła biały sweterek i wyszła na dwór. Viktoria wychodziła właśnie przez furtkę z ogrodowego hotelu, kiedy nadeszła Josefine.

– Pomogę ci szukać – zaoferowała.

– Niech będzie – odparła krótko Viktoria. Chciała najwyraźniej udowodnić, że wcale nie są koleżankami. – Matka kazała mi ją natychmiast odnaleźć. Za spóźnienie czeka ją kara.

– Jaka kara? – zaciekawiła się Josefine. Było jej żal Emmy.

– Pewnie areszt domowy, jak zwykle. Musi wtedy siedzieć w pokoju. Matka zabrania jej wychodzić na dwór, a służąca przynosi jej jedzenie do pokoju.

– Nawet teraz, latem?

– Tak, matka jest nieugięta. Na szczęście mnie nigdy jeszcze nie spotkała taka kara, ale to dlatego, że umiem się zachować. Zdaniem matki jestem o wiele lepiej wychowana niż Emma.

Josefine chciała coś powiedzieć, ale zamiast tego zamilkła.

– Jak sądzisz, gdzie mogła pójść? – spytała w końcu.

Viktoria zamyśliła się.

– Możliwe, że poszła do parku. Pójdźmy to sprawdzić!

Viktoria ruszyła przed siebie. Uważała, żeby iść samym środkiem ścieżki i w żadnym wypadku nie wchodzić na trawę swoimi ładnymi, białymi sandałkami. Miała na sobie elegancką, białą suknię i wyglądała, jakby wybierała się na bal.

– Emma jest trochę dziwna – powiedziała Viktoria. – Dziadek mówi, że to zrozumiałe. – Zatrzymała się i spojrzała z ważną miną na Josefine. – Kiedyś przydarzyło jej się coś okropnego.

– Coś okropnego?

– Tak. – Viktoria pokiwała głową, wlepiając w nią swoje wielkie, niebieskie oczy. – Ale to tajemnica.

Josefine przełknęła ślinę.

– Wiesz, o co chodzi?

– Tak, ale nie mogę powiedzieć.

Dziewczyna zadarła wysoko nos i poszła dalej. Josefine nie posiadała się z ciekawości. Bardzo chciała wiedzieć, co takiego przydarzyło się Emmie, ale grzeczność nie pozwalała jej zapytać wprost.

Poszły dalej ścieżką, aż napotkały na swojej drodze Jørgena Solvika.

– Spacerują panie w ten piękny, ciepły wieczór? – spytał. Przelotnie spojrzał na Josefine, po czym całą uwagę skierował na Viktorię.

– Szukamy Emmy – wyjaśniła Viktoria. – Widział ją pan może?

Uśmiechnęła się zalotnie. Josefine zwróciła uwagę na to, jaka zaszła w niej zmiana. Tulla opowiadała przecież, że Ada Strand chciałaby wydać jedną z córek za najzamożniejszego kawalera w mieście. Dzięki Viktorii miała na to realne szanse.

– Widziałem ją... – zaczął Solvik, uśmiechając się figlarnie. – Widziałem ją przedwczoraj na przyjęciu. Nawet udało mi się z nią zatańczyć.

– Ale z pana żartowniś. Ze mną tańczył pan tylko dwa razy, to o wiele za mało. – Viktoria przybrała przesadnie nadąsany wyraz twarzy.

– Na więcej tańców nie miałem szansy, panienki karnet był pełny. Ale może innym razem mi się poszczęści.

– Postaram się następnym razem zapomnieć karnetu – roześmiała się Viktoria. – Ale teraz muszę szukać siostry. Gdzie ona się mogła podziać, jak pan sądzi? Matka jest wściekła, bo Emma nie wróciła na obiad i otrzymałam polecenie, żeby ją odszukać.

Viktoria westchnęła i rozejrzała się z cierpiętniczym wyrazem twarzy.

– Mogę panienkom pomóc w poszukiwaniach – zaoferował Jørgen Solvik.

– Naprawdę? – rozpromieniła się Viktoria.
– Ależ oczywiście. Z wielka chęcią.

Ruszyli we troje ścieżką. Viktoria była wyraźnie zadowolona, co chwilę śmiała się głośno, a Jørgen Solvik zabawiał ją wesołą konwersacją.

Josefine szła kilka kroków za nimi. W przeciwieństwie do Viktorii nie czuła potrzeby, żeby zrobić na Solviku dobre wrażenie, a zresztą on zdawał się również nią nie interesować. W ich towarzystwie czuła się niemal niewidoczna.

To ona jako pierwsza zauważyła Emmę. Siedziała nad brzegiem wody z Bragem, który obejmował ją wolną ręką. Jej głowa spoczywała na jego ramieniu.

– Emmo, tutaj jesteś! – Viktoria ruszyła w kierunku fiordu, a za nią podążył Jørgen Solvik. – Już dawno jest po obiedzie, a matka jest wściekła, że cię nie było.

Josefine zauważyła, że Emma zamarła na dźwięk głosu siostry. Brage natychmiast wypuścił ją z objęć.

– Do tego siedzisz tu z Brage Halvorsenem! Matka pęknie ze złości, jak się dowie, co wyprawiasz. Czekaj tylko!

– Wyszłam tylko na spacer – westchnęła Emma. – Spotkałam Bragego i zapomniałam o czasie.

– Na pewno się domyślasz, że matka nie będzie tym zachwycona – stwierdziła uszczypliwie Viktoria.

Brage wstał. Jego twarz poczerwieniała. Przelotnie ukłonił się Josefine i Jørgenowi, po czym zwrócił się do Viktorii.

– Jeśli wasza matka ma jakiś problem, to może się do mnie zwrócić. Bardzo chętnie zamienię z nią kilka słów. – Jego głos był chłodny, a Josefine wyczuwała w nim wzbierający gniew.

Jørgen Solvik odchrząknął wymownie, jakby chciał zwrócić uwagę Bragego na to, że nie wypadało się tak zachowywać. Ale Brage zignorował go. Zdenerwowany zebrał swoje rzeczy.

Emma wyglądała na nieszczęśliwą, tymczasem Viktoria zmierzyła chłopaka wściekłym wzrokiem.

– Brage Halvorsenie! – syknęła z pogardą. – Wątpię, żeby moja matka miała ochotę rozmawiać z kimś takim jak ty. Albo z jakimkolwiek członkiem twojej rodziny.

Brage wbił w nią gniewny wzrok, ściskając w jednej dłoni wędkę, a w drugiej pałąk wiadra. Josefine widziała, że gotuje się ze złości. Emma najwyraźniej również to zauważyła, bo posłała mu błagalne spojrzenie.

Jørgen Solvik ponownie odchrząknął.

– Skoro zagadka już została rozwikłana, pożegnam się z państwem. Do widzenia – powiedział i ukłonił się.

– Do widzenia – odparła Viktoria. – I dziękuję za pomoc.

Odprowadziła mężczyznę tęsknym wzrokiem. Najchętniej pewnie poszłaby za nim, ale nie miała ku temu żadnego pretekstu.

– Ja też już pójdę – powiedział Brage. Ukłonił się Josefine i spojrzał przelotnie na Emmę. – Do zobaczenia.

– Do widzenia – odparła Josefine.

– Do zobaczenia, Brage – zawołała do jego pleców Emma, kiedy ruszył w pośpiechu ścieżką. Josefine dostrzegła tęsknotę w oczach dziewczyny i domyśliła się, że Brage wiele dla niej znaczy.

Viktoria wbiła w siostrę gniewny wzrok.

– Chodź natychmiast do domu, zanim matka jeszcze bardziej się zdenerwuje. Diabli ją wezmą, jak się dowie, że byłaś z Bragem.

– Mówisz o nim tak, jakby miał zarazę – odparła urażona Emma, ale Viktoria nie odpowiedziała.

Była wyraźnie nadąsana przez cała drogę do hotelu, a kiedy dotarły do furtki, nie odwróciła się nawet, aby pożegnać się z Josefine i podziękować za pomoc. Poszła dalej, jakby Josefine była powietrzem.

– Do widzenia – powiedziała ponuro Emma i ruszyła za siostrą.

– Do widzenia – odparła Josefine. Było jej żal dziewczyny. Domyślała się, co czeka w domu Emmę i żałowała, że nie może jej jakoś pocieszyć.

Miała właśnie pójść dalej, kiedy zauważyła, że w jednym z okien lekko poruszyła się zasłona.

Przyglądała się jej jakaś kobieta. Nie była to Ada Strand, lecz ktoś znacznie starszy. Josefine wzdrygnęła się. Kobieta próbowała skryć się za zasłoną, ale równocześnie nie mogła oderwać od niej oczu. Josefine prędko poszła do domu ciotki, z dala od wzroku nieznajomej.

ROZDZIAŁ CZTERNASTY

Emma wyglądała przez okno swego pokoju. Od trzech dni nie wolno jej było wychodzić z domu. Trzy dni, które dłużyły się niczym cały miesiąc. Matka trzymała ją siłą w domu, żeby odgrodzić ją od Bragego.

Bardzo chciała z nim porozmawiać. Dowiedzieć się, co jego rodzina planuje zrobić w związku z eksmisją. Bardzo się o niego martwiła, a matka domyśliła się tego natychmiast. Nie posiadała się z wściekłości, kiedy Viktoria powiedziała jej, gdzie się podziewała Emma. Nie okazała córce litości.

– Zabraniam ci spotykać się z tym chłopakiem. Pochodzi ze złej rodziny, wszyscy o tym wiedzą. Jak cię z nim jeszcze raz zobaczę, to pożałujesz.

Emma próbowała się tłumaczyć. Chciała, żeby matka zrozumiała, w jak ciężkiej sytuacji stawia rodzinę Halvorsenów, zmuszając ich do wyprowadzki. Ale matka była głucha na jej prośby. Ucinając dyskusję, wymierzyła córce cios dłonią w policzek.

Została zamknięta w pokoju. Olga przynosiła jej jedzenie, podczas gdy reszta rodziny siedziała w jadalni. Nie widywała nikogo poza Viktorią. Dziadek przebywał w tym czasie w Kristianii i odwiedzał znajomych. Emma była pewna, że gdyby nie wyjechał, nie spotkałaby jej tak dotkliwa kara.

Westchnęła. Tęsknota, jaką czuła, była nie do opisania. Dom Bragego był tak blisko, ale mimo to nie mogła go zobaczyć, choć tak bardzo tego pragnęła. Czy on też za nią tęsknił?

Emma dostrzegła przez okno bladą, piegowatą dziewczynkę. Szła z rodzicami do łaźni. Kroczyła między nimi, wątła i blada, ubrana w białą letnią sukienkę i kapelusz. Co chwilę próbowała wyrwać się biegiem, ale wtedy rodzice wołali ją i studzili nieco jej temperament. Tak bardzo chciała być teraz tą dziewczynką, z rodzicami, którzy troszczyli się o nią.

– Tak to się kończy, jak jesteś nieposłuszna – powiedziała Viktoria przed kilkoma dniami.

– Nie musiałaś mówić o wszystkim matce – odparła urażona Viktoria.

– Chyba rozumiesz, dlaczego nie mogłam tego przemilczeć? Sama jesteś sobie winna.

Emma westchnęła ponownie. Wszystko zdawało jej się takie beznadziejne, a supeł w jej piersi zaciskał się tylko mocniej i mocniej.

Następnego dnia została wypuszczona z pokoju. Dziadek powrócił z Kristianii, a matka łaskawie zgodziła się skrócić jej karę. Siedzieli w salonie, kiedy Olga przyniosła nowe wydanie gazety. Emma niecierpliwiła się, bo chciała iść do Bragego, ale wiedziała, że musi spokojnie poczekać na odpowiednią okazję.

– Na pewno będzie pani chciała to przeczytać – zakomunikowała poważnie Olga, podając gazetę matce.

Matka wyrwała kucharce gazetę z rąk i po chwili czytania poczerwieniała na twarzy.

– Niech to diabli! Znowu ten pisarczyk! Trzeba z tym skończyć!

Emma wyciągnęła szyję, żeby zobaczyć, o co chodzi. W oczy rzucił jej się jedynie tytuł artykułu.

Apetyt rośnie w miarę jedzenia.

Matka czytała dalej.

– To najgorsze, co... – Z trudem łapała oddech, jak ryba wyrzucona na ląd. – Niech Bóg ma w opiece tego, kto to napisał! Niech ja go tylko dorwę w swoje ręce! Jeszcze pożałuje, że kiedykolwiek brał pióro do ręki. Oczernię przed całym miastem. Zniszczę jego dobre imię, o ile w ogóle takowe posiada.

W jej oczach płonęła nienawiść.

– To na pewno Halvorsen, nie sądzisz? – Wbiła wzrok w męża.

– Halvorsen? – zdziwił się ojciec. – Czy on w ogóle potrafi pisać?

– W takim razie to pewnie jego syn, Brage. Ten chłopak ma więcej w głowie, niż mogłoby na to wskazywać jego wychowanie. Nigdy go nie lubiłam. Pewnie sprzeciwia się mojej woli z młodzieńczego uporu.

Spojrzała z niechęcią na Emmę, po czym ponownie zwróciła się do ojca.

– A może myślisz, że to Tulla? To by było do niej bardzo podobne. Jej pióro jest pewnie równie ostre jak jej język. Jeszcze ja im wszystkim pokażę!

Ojciec milczał. Wiedział, że lepiej nie przerywać jej wywodów i pozwolić wylać z siebie żółć, zanim wyjdzie z domu.

Ale matka tym razem nie trwoniła czasu. Włożyła zielony słomkowy kapelusz i białe rękawiczki, wzięła do ręki torebkę i wsunęła pod ramię gazetę. Zatrzasnęła za sobą głośno drzwi, ale po chwili zawróciła i znów weszła do salonu.

– Emmo, pójdziesz ze mną.

– Ja? – spytała rozczarowana Emma. Miała nadzieję wymknąć się z domu po wyjściu matki.

– Tak, zakładam, że znasz syna sąsiadów na tyle, że potrafiłabyś rozpoznać jego pismo. Zamierzam dotrzeć do sedna tej sprawy.

Emma wstała przybita.

– Jeśli uważasz, że się do czegoś przydam...

– Oczywiście, że tak. Chodź już, wkładaj chustę. Możesz iść w tej sukience.

Chwilę później szły ulicą w kierunku siedziby gazety. Matka stąpała zdecydowanym i pełnym złości krokiem, a Emma z ociąganiem podążała za nią. Kiedy przechodziły obok domu Halvorsenów, nie śmiała nawet spojrzeć w jego kierunku.

Kiedy wreszcie dotarły na miejsce, Ada Strand zastukała do drzwi, drżąc ze złości.

Otworzył im redaktor Holm.

– Ależ to pani Ada Strand i jej córka przyszły mnie odwiedzić!

Postawny redaktor uśmiechnął się i wyciągnął dłoń na powitanie.

– To nie będzie grzecznościowa wizyta – ucięła ostro Ada.

– Nie? – Uśmiech Holma zbladł nieco. – Może zechcą panie wejść do biura? – poprosił, wskazując drogę do pomieszczenia z widokiem na ulicę.

Emma zajęła miejsce na wskazanym przez matkę krześle. Ada Strand posłała redaktorowi pełne zgorszenia spojrzenia.

– Czy mógłby pan otworzyć okno? Obawiam się, że zapach cygara na zawsze przyczepi się do naszych ubrań.

Mężczyzna zaśmiał się i otworzył okno. Następnie zwrócił się do Ady, która usiadła na brzegu krzesła.

– Czemu zawdzięczam pani wizytę? – spytał, zajmując miejsce za biurkiem, na którym leżały stosy gazet. – Ma pani coś przeciwko temu, żebym zapalił cygaro? Skoro okno jest otwarte... – Sięgnął do szuflady po cygaro. Emma wiedziała, że matka uważa je za najgorsze zło świata.

– Owszem, mam – odparła.

Redaktor wyglądał przez chwilę na zdezorientowanego. W końcu wychylił się w fotelu i spojrzał na nie zaciekawiony.

– W takim razie przejdźmy do sprawy.

– Sprawa jest następująca – powiedziała Ada, rzucając na stół gazetę. Wskazała palcem niekorzystny artykuł. – Chcę wiedzieć, kto to jest.

Redaktor rzucił tylko przelotnie okiem na gazetę i od razu domyślił się, o co chodzi.

– Zdaje mi się, że mowa tu o pani – odparł, starając się powstrzymać uśmiech.

– Uważa mnie pan za idiotkę? To jest jasne. Chcę wiedzieć, kto jest autorem tego artykułu!

Holm odchrząknął i wsparł się łokciami o stół.

– Nie mogę zdradzić, kto go napisał. Musimy chronić nasze źródła, wie pani o tym doskonale, pani Strand.

– Uważam, że to absolutna bezczelność z pana strony. Drukuje pan w gazecie artykuł, który jest w stosunku do mnie obraźliwy i nie chce mi na dodatek zdradzić, kto jest moim wrogiem.

– Wróg to trochę za dużo powiedziane, pani Strand. Proszę na to raczej patrzeć jako na opublikowane w dobrej wierze zaproszenie do dyskusji.

– W dobrej wierze! Czy pan robi sobie ze mnie żarty, panie Holm?

– Ależ skąd, nie ośmieliłbym się.

– To niech pan słucha! Jeśli nie przestaniecie drukować takich bzdur, to zadbam o to, żeby gazeta poszła z torbami.

Redaktor Holm odchrząknął i odetchnął głęboko.

– Ma pani wiele wpływów w tym mieście, pani Strand, ale nie ma pani władzy nad wszystkim. Na szczęście jest w tym kraju taka instytucja jak wolność słowa.

– Nie obchodzi mnie to. Słyszał pan, co powiedziałam.

– Czy to groźba, pani Strand? Próbuje mi pani grozić?

– Proszę sobie samemu odpowiedzieć na to pytanie – odparła oschle Ada.

Mężczyzna westchnął. Skrzyżował ramiona i wychylił się ponownie na fotelu. Spojrzał na nią poważnie.

– Rzecz w tym, że nawet ja nie wiem, kto stoi za tymi artykułami. Autor najwyraźniej chce pozostać anonimowy. Artykuły pojawiają się rano w skrzynce na listy. Ta osoba wymyka się pod osłoną nocy, żeby nie zostać odkrytą.

– Więc publikuje pan w swojej gazecie wypociny anonimowego autora? – Ada Strand trzęsła się z oburzenia.

– Nie drukujemy oczywiście wszystkiego, co do nas dociera. Jedynie to, co wydaje nam się zasadne.

– I tak jest pana zdaniem w tym przypadku?

– Tak, oczywiście. Pani tak nie uważa?

Wściekła Ada Strand z trudem łapała oddech.

– W takim razie proszę mi natychmiast pokazać ten anonimowy list.

Emma domyśliła się, że matka będzie chciała sprawdzić, czy jest w stanie rozpoznać pismo Bragego. Ale dlaczego on miałby stać za tymi artykułami...

– Chyba pani rozumie, dlaczego nie mogę tego zrobić. – Redaktor był lekko znużony.

– To bezczelność... – Matka wstała i odwróciła się do Emmy. – Nie mamy tu czego szukać.

Emma wstała, ciesząc się, że spotkanie wreszcie dobiegło końca. Matka najwyraźniej pojęła, że nie zdoła wyciągnąć od redaktora żadnych informacji.

Z zaciśniętymi mocno ustami opuściła biuro redakcji, bardziej zdenerwowana niż wcześniej.

Emma w głębi duszy ucieszyła się.

Pewnego popołudnia, na tydzień przed nocą świętojańską, Josefine siedziała na skale z kolanami podciągniętymi pod brodę. Spoglądała na wodę i czuła się ogromnie zmęczona. Tulla dostała duże zlecenie od Jørgena Solvika. Chciał, żeby w ciągu tygodnia uszyły dziesięć sukienek, które mógłby sprzedać w dniach poprzedzających noc świętojańską.

Martine, Josefine i Tulla pracowały nieprzerwanie od kilku dni. Miały już trochę wprawy i robota szła o wiele szybciej niż na początku. Od siedzenia w zgarbionej pozycji nad pracą Josefine bolały plecy. Teraz jednak sukienki były gotowe, a Martine wraz z Tullą poszły zanieść zamówienie do sklepu Solvika. Ona sama postanowiła skorzystać z okazji, żeby pójść na spacer. A teraz usiadła na nagrzanym słońcem kamieniu i rozkoszowała się ciepłym, letnim dniem.

Środkiem fiordu płynął w kierunku Kristianii wielki statek. Załadowany po brzegi drewnem, przepływał między zacumowanymi, bujającymi się na wodzie małymi łódkami. Josefine zauważyła na barce Bragego z kilkoma innymi mężczyznami. Przypomniała sobie, jakim tęsknym wzrokiem patrzyła na niego Emma. Czyżby tych dwoje było zakochanych?

Jej myśli powędrowały ku matce i zaginionemu pamiętnikowi. Może to Tulla go znalazła i nie chciała, żeby dłużej zajmowała się tą sprawą? Jeśli tak było, to nie wątpiła, że ciotką kierowały dobre intencje. Ale czy nie rozumiała, że nie jest w stanie zapomnieć o wszystkim? Nigdy nie zazna spokoju, aż w końcu się dowie, co wydarzyło się tamtego dnia, kiedy matka została zamordowana.

Zatopiona w myślach poczuła, jak ktoś kładzie dłoń na jej ramieniu. Podniosła wzrok i ujrzała Kristiana Stranda.

Nie rozmawiała z nim od czasu, kiedy uciekła od niego w parku. Ale w myślach nieustannie jej towarzyszył...

Wstała i otrzepała sukienkę. Serce biło mocno w jej piersi.

– Przestraszyłem cię?

– Nie, po prostu patrzyłam na wodę. Cieszyłam się spokojem. Jest tu o wiele ciszej niż w Kristianii.

– Tak, całe szczęście. Mogę posiedzieć z tobą?

– Oczywiście, park należy do wszystkich.

Usiadł na skale i uśmiechnął się. Starała się nie patrzeć mu prosto w oczy. Jego spojrzenie sprawiało, że robiła się niespokojna. Gdyby tylko wiedział, jak na nią działa.

– Ale ty też usiądź, bo inaczej będzie dziwnie.

Josefine roześmiała się. Siadła na skale na wyciągnięcie ręki od niego. Czuła się w ten sposób bezpieczniejsza.

– Uciekłaś ode mnie ostatnio – powiedział Kristian. – Nie miałem okazji się wytłumaczyć.

Przysunął się do niej nieco.

– Nie chcę o tym rozmawiać – odparła Josefine i przygryzła wargę. Nie miała siły wracać do tej sprawy. Śmierć matki dręczyła ją już wystarczająco, a teraz na dodatek matka Kristiana wręczyła im zawiadomienie o eksmisji! Zastanawiała się, czy jest sens poruszać ten temat, ale w końcu zrezygnowała.

Siedzieli przez chwilę w milczeniu. Bardzo silnie wyczuwała jego bliskość. Zupełnie jakby fale ciepła przebiegały w powietrzu między nimi. Kristian zakłopotany drapał plamkę na spodniach. Josefine rozbawiło to, był niczym mały chłopiec.

W końcu spojrzał na nią.

– O czym myślisz?

– O niczym. – Odwróciła wzrok. Spojrzała w kierunku łodzi, na której był Brage. Mężczyźni miarowo wiosłowali w kierunku lądu.

Josefine pociągnęła jeden ze swych loczków, a Kristian przyjrzał jej się z uśmiechem.

– Fascynujące. Możesz rozciągać te loki ile tylko chcesz, ale one i tak odzyskują ponownie kształt.

– Ech, wolałabym ich nie mieć – skrzywiła się.

– Bzdura, wtedy nie byłabyś sobą.

Odwrócił wzrok i spojrzał na fiord.

– Lubię morze, ale nie aż tak, żeby wypływać z portu przy każdej pogodzie. Nigdy nie mógłbym zostać rybakiem.

– Ludzie z niższych sfer nie mają takiego wyboru – zauważyła Josefine. – Zastanawiałeś się kiedyś nad tym?

– Tak – odparł Kristian i spojrzał na nią ponownie. – Ale na szczęście nie pochodzę z niższych sfer. Mam przejąć po rodzicach kierownictwo hotelu. Mam to we krwi. Chyba nie ma nic złego w tym, że cieszę się moimi przywilejami? To dobrze, że nie jestem biedny. Pracuję za to w hotelu, a dni nie raz bywają długie. Ale przynajmniej nie musimy się martwić o to, jak wiązać koniec z końcem.

– Nie... – stwierdziła Josefine. – Oczywiście, że nie ma w tym nic złego. Tak długo, jak człowiek uważa, żeby bogactwo nie uderzyło mu do głowy, bo inaczej zawsze mu będzie wszystkiego mało.

– O czym ty mówisz?

Nie mogła się dłużej powstrzymać.

– Twoja matka wręczyła ciotce zawiadomienie o eksmisji. Mamy czas do końca miesiąca, żeby się wyprowadzić. Tydzień po nocy świętojańskiej.

– Co takiego?

Z pełnego zdumienia wyrazu twarzy Kristiana Josefine domyśliła się, że nie wiedział nic o tej sprawie.

– Słyszałeś. Wasza matka planuje rozbudowę hotelu. Rodzina Halvorsenów również ma się wynieść.

– Dobry Boże – odparł zaszokowany Kristian. – Nic o tym nie wiedziałem. Co na to twoja ciotka?

– Jest oczywiście wściekła. Rozmawiała już z sędzią, ale wygląda na to, że twoja matka ma prawo po swojej stronie.

Josefine poczuła ukłucie wyrzutów sumienia. Kristian wyraźnie nie miał pojęcia o planach matki i zdecydowanie ich nie pochwalał.

– Porozmawiam z nią – obiecał. – Przekonam ją do zmiany zdania. Ona nie może tego zrobić.

Josefine o mało nie powiedziała, że jego matka może właściwie wszystko, ale powstrzymała się. Przecież nie miał wpływu na to, co robiła Ada Strand.

– Josefine, tak mi przykro, ja... – Zawiesił głos. – Moja matka może się wydawać twarda, ale nie jest złym człowiekiem. Jestem pewien, że zdołam zmienić jej zdanie.

– Czy twój ojciec nie ma nic do powiedzenia? – spytała Josefine.

Kristian westchnął smutno.

– Zdaje mi się, że ojciec się poddał. Robi tylko to, co absolutnie musi. Najbardziej jest zadowolony, kiedy matka nie urządza awantur.

– Uff, to nie brzmi jak szczęśliwe małżeństwo.

– Nie... – przyznał po chwili namysłu Kristian. – O szczęśliwym małżeństwie nie może być mowy.

Znowu zapadła między nimi cisza. Po chwili Kristian odwrócił się do niej z poważną miną.

– Josefine... jesteś taka piękna. – Chwycił w dłoń jeden z jej loczków.

Spojrzała w jego piękne niebieskie oczy, które zdawały się patrzeć w głąb jej duszy. Przysunął się jeszcze bliżej i objął ją. I wtedy wydarzyło się to, o czym tak marzyła. Jego usta zbliżyły się i nic na świecie nie byłoby w stanie skłonić Josefine do powstrzymania pocałunku. Gdy poczuła dotyk delikatnych ust, przez całe ciało, od głowy po same stopy, przeszył ją dreszcz. Silne ramiona Kristiana przyciągały ją bliżej.

Nagle w jej głowie rozległy się słowa ciotki Tulli. *Kobieciarz, całkiem jak jego dziadek.* W tej samej chwili oprzytomniała.

– Puść mnie – powiedziała, odpychając go.

– Josefine, ja nie chciałem... – Patrzył jej smutno w oczy. – Nie chciałem ci sprawić przykrości, przepraszam.

– To w równym stopniu moja wina – odparła i natychmiast przygryzła wargę. Dlaczego to właściwie powiedziała? Przecież to on ją pocałował, nawet jeśli go nie powstrzymała.

– Nie, to był wyłącznie mój błąd – zapewnił Kristian. – Ale jesteś taka kusząca...

Josefine spojrzała mu w oczy. Wyglądał na skruszonego i nagle zrobiło się jej go żal.

– Zapomnijmy o tym – powiedziała. – Nie da się tego cofnąć. Tylko nie rzucaj się na mnie znowu – zażartowała.

– Obawiam się, że nie mogę złożyć takiej obietnicy – odparł Kristian i chwycił jej dłoń. Kciukiem pogłaskał wierzch jej dłoni, a dreszcz ekscytacji ponownie przeszył jej ciało.

Dobry Boże – pomyślała. *Zakochałam się w nim!* W bardzo krótkim czasie zwariowała na jego punkcie. Równocześnie zaskoczyło ją to i przeraziło. Nie było jednak sensu w zastanawianiu się, czy podziela jej uczucia, bo i tak nigdy nie mogliby być razem. Ada Strand nigdy nie zaakceptowałaby ich związku.

Przez kilka chwil siedzieli bez słowa. Kristian trzymał mocno jej dłoń w swojej, jakby chciał dać jej poczucie bezpieczeństwa. Josefine ze wszystkich sił próbowała zapanować nad swoimi uczuciami, ale nawet wiadro zimnej wody wylane na głowę nie zdołałoby jej ostudzić.

W końcu Kristian odprowadził ją do domu. Pożegnali się przy furtce.

– Do widzenia, Josefine. Mam nadzieję, że niedługo znowu się spotkamy.

— Do widzenia — odparła, otwierając furtkę. Pomachał do niej na pożegnanie. Wbiegła lekko po schodach na werandę. Już dawno nie czuła się taka radosna.

— Jest dla ciebie miły?

Josefine zamarła. Na werandzie siedział Aksel, który najwyraźniej obserwował ich przez cały czas. Nie spodobało jej się to, w jaki sposób to powiedział. Dlaczego podejrzewał, że Kristian mógłby wyrządzić jej jakąś krzywdę?

— Tak — odparła. — Kristian Strand jest miły.

Aksel nie odpowiedział. Kiedy szła po schodach do swojego pokoju, czuła na plecach jego wzrok.

ROZDZIAŁ PIĘTNASTY

Josefine nie mogła przestać myśleć o Kristianie. Wspominała uczucie, jakie wywołał w niej dotyk jego ust. Te silne ramiona, oplecione wokół jej talii. Czuła w całym ciele przyjemne mrowienie.

Nie wspomniała o tym wydarzeniu Tulli ani Martine. Ale słowa ciotki o tym, że Kristian jest kobieciarzem, uporczywie powracały. Nie wątpiła, że Georg Strand naprawdę taki jest, ale czy wnuk na pewno był do niego pod tym względem podobny?

Tulla ponownie wybrała się do sędziego, ale wróciła równie przybita, jak poprzednim razem.

– Mogłabym zamordować tę kobietę! – stwierdziła ponuro, siadając przy stole.

Aksel przerwał struganie. Josefine zauważyła, że całe jego ciało się napięło. Ale po chwili bez słowa powrócił ze skupieniem do strugania.

– Uważam, że nie powinnaś tak mówić w jego obecności – powiedziała nieco później Josefine, kiedy poszły z ciotką do kuchni. Mieszała w garnku kaszę, żeby się nie przypaliła.

Tulla dorzuciła w tym czasie drewna do pieca, żeby podtrzymać płomienie. Następnie wstała i wyprostowała się.

– Ech, nie, oczywiście masz rację. Po prostu jestem taka zła, że się zapominam. Jaka to okropna kobieta! Nie rozumiem, jak może ze sobą żyć. I jak inni mogą żyć z nią?

– Sama się zastanawiam. Jak Anton to wytrzymuje? Czy on zawsze był taki słaby?

– Ach, Anton. Brakuje mu silnej woli, nie ma wątpliwości.

– Nie brzmi szczególnie męsko – przyznała Josefine, zdejmując kaszę z ognia.

– Zależy jak na to spojrzeć – odparła oschle Tulla. – Pod wieloma względami nie ma bardziej męskiego człowieka.

Josefine zauważyła, że policzki ciotki zaróżowiły się lekko. Uśmiechnęła się pod nosem. Tulla też kiedyś była młoda. Może nawet żywiła do niego skrycie o wiele cieplejsze uczucia niż teraz. Była o tym coraz bardziej przekonana.

Tego wieczora w ręce Josefine wpadł list. Stało się to całkiem przypadkowo. Uprała ubrania Tulli i chciała odłożyć uprasowane rzeczy do komody, kiedy jej oczy przykuła koperta z napisem „Signe Vik". Była częściowo ukryta pod bluzką.

Josefine bez zastanowienia chwyciła kopertę, wsunęła ją do kieszeni fartucha i pospieszyła do swojego pokoju. Oczywiście wiedziała, że nieładnie jest czytać korespondencję innych, ale nie obchodziło jej to w tej chwili. Najważniejsze było w tym momencie pragnienie odkrycia, co się stało z matką. Uważała, że nie ma wyboru.

Usiadła na brzegu łóżka i drżącymi dłońmi otworzyła kopertę.

List był datowany na rok 1898, czyli na rok przed śmiercią matki.

Kochana siostro,

Dziękuję za miłą wizytę. Cieszę się, że odwiedziłyście mnie razem z Josefine. Ten tydzień minął bardzo szybko i dom wydawał się taki pusty po waszym wyjeździe. Josefine jest bardzo piękną dziewczynką, zdążyłam się w niej na dobre zakochać. Jest taka ciekawa świata. Będzie mi brakować jej entuzjazmu i pytań.

Ostatnio jestem lekko przygnębiona. Nie robię postępów z obrazem i nie wiem, czy nie powinnam przerwać prac nad nim. Poza tym miałam okazję wystawić moje dzieła na rynku wraz z kilkoma okolicznymi artystami i sprzedał się zaledwie jeden obraz. Ale może to nic dziwnego, bo reszta tych malarzy jest bardziej uznana niż ja. A jeden obraz to zawsze coś.

Poza tym widziałam się dzisiaj z Rolfem Halvorsenem. Był bardzo ciekawy, co u ciebie słychać, wyraźnie bardzo wpadłaś mu w oko, chociaż ma przecież żonę i dzieci. Jego najstarsza córka, Anna, jest niezwykle piękna. Jest niczym mała księżniczka z długimi, złotymi włosami. Otrzymałam pozwolenie, żeby któregoś dnia ją namalować i już się nie mogę doczekać. To będzie wyjątkowo piękny portret.

Mam nadzieję, że niedługo znowu się zobaczymy.
Twoja siostra, Tulla.

Josefine przeczytała list trzy razy, zanim ponownie go złożyła. Z jakiegoś powodu list ten nigdy nie został nadany. Na kopercie nie było naklejonego znaczka. Może Tulla nie miała okazji wybrać się na pocztę i ostatecznie niewysłany list został zapomniany w szufladzie?

Spojrzała ponownie na kopertę. W głowie roiło się jej od pytań. Dlaczego Tulla pisała o Rolfie Halvorsenie? Czy on i matka spotykali się ze sobą? Czy Rolf był tym samym mężczyzną, o którym matka pisała w pamiętniku? Ten wysoki, wątły człowiek o przerzedzonych włosach? Czy to nim matka tak się zachwyciła, że dopuściła się zdrady? Josefine pomyślała o tym z bólem, ale równocześnie przypomniała sobie, że miłość chadza własnymi ścieżkami.

Postanowiła pokazać list Tulli. Czuła się przy tym niczym intruz i była lekko zawstydzona.

– Gdzie go znalazłaś? – zdziwiła się Tulla.

– W twojej szufladzie. Zobaczyłam go, kiedy wkładałam tam uprane rzeczy.

Tulla przyjrzała się jej bacznie, po czym wyjęła list z koperty. Przeczytała go i pogrążyła się we wspomnieniach.

– Nigdy go nie wysłałam.

– Ale dlaczego? – Josefine zajęła miejsce przy stole kuchennym naprzeciw ciotki.

– Cóż, nie wiem, może nie miałam czasu wybrać się na pocztę, aż o wszystkim zapomniałam. Jak to możliwe, że leżał w szufladzie przez tyle lat?

Tulla sięgnęła po filiżankę kawy. Napiła się i pokręciła głową.

– Tullo...

– Słucham?

– Czy matka i Rolf Halvorsen byli parą?

Ciotka zdumiała się.

– Nie, skądże. Dlaczego o to pytasz?

– Napisałaś, że Rolf był zauroczony matką.

– Ach, tak. – Tulla westchnęła i odstawiła filiżankę. – Twoja matka była niezwykle piękna. Poza tym miała niezwykły talent do przykuwania uwagi mężczyzn. Nie robiła tego specjalnie, nie starała się ich uwodzić. Po prostu była niezwykle czarująca, miła i sympatyczna. Niejeden nie potrafił się oprzeć jej urokowi.

– A Rolf Halvorsen był jednym z nich?
– Tak. Ale nie odwzajemniła jego uczuć, więc w końcu się poddał.
– Więc nie sądzisz, że to z nim spotkała się w pokoju hotelowym w dniu swojej śmierci? – Josefine przełknęła ślinę. Trudno było wymówić te słowa. Jedną rzeczą było coś pomyśleć, a całkiem inną ubrać tę myśl w słowa.
– Nie. – Tulla wyglądała na zaskoczoną pytaniem. – Rolf Halvorsen... Nie, nie sądzę.

Zamyśliła się, przygryzając wargę. W końcu posłała Josefine stanowcze spojrzenie. – Jestem pewna, że to nie był on.

Ale Josefine odniosła wrażenie, że ciotka nie mówi wszystkiego. Wiedziała więcej, niż chciała przyznać.

JUŻ W NASTĘPNYM TOMIE:

W środku nocy Emma wymknęła się z domu. Boso i w lekkiej letniej sukience wybiegła potajemnie z mieszkania na wilgotną trawę. Poszła ścieżką w kierunku domu Bragego. Chciała rzucić szyszką w okno jego sypialni, ale w tej samej chwili ukazał się jej oczom. Uśmiechnął się i pokazał ruchem ręki, że zaraz do niej zejdzie.

Kiedy już wyszedł na dwór, złapał ją za rękę i poszli do parku, a następnie ruszyli w kierunku skał. Usiedli nad samym fiordem. Było już po północy i nie musieli się martwić, że ktoś ich zauważy. Zazwyczaj nikt nie spacerował tam o takiej godzinie.

– To niemal magiczne uczucie móc tu siedzieć i patrzeć na wodę – powiedziała Emma, z głową wspartą na ramieniu Bragego.

– Tak – przyznał Brage. – Z tobą wszystko jest magiczne.

Wody fiordu połyskiwały w księżycowej poświacie. Cały świat poza nimi zdawał się być pogrążony we śnie.

Po tym, jak matka zabroniła jej się z nim widywać, ich spotkania odbywały się potajemnie. Skryte spojrzenia pod ochroną nocy to jedyne, co mogli ze sobą dzielić.

Brage bawił się kawałkiem gałązki. Wyglądał jakby chciał coś powiedzieć, ale nie wiedział, od czego zacząć. Emma była podekscytowana. Czy wreszcie miało się spełnić jej marzenie? Czy zamierzał w końcu poprosić ją o rękę i zabrać na zawsze z Drøbak? Czuła, że poradzą sobie ze wszystkimi przeciwnościami, jeśli tylko będą razem.

Kiedy w końcu się odezwał, wstrzymała oddech.

– Wkrótce wyjeżdżam z Drøbak. Dostałem pracę na jednym z brygów Jørgena Solvika i za kilka dni wypływam.

Mówiąc te słowa odwrócił twarz, jakby bał się jej reakcji...

Tom 2 w kioskach już od 31 sierpnia!

W prenumeracie taniej!
Zamów ją już dziś!

Koszt tomu to jedyne 8 zł i bezpłatna dostawa do domu!
Prenumeratę możesz zamówić w dwóch wariantach:

WARIANT I
opłata dopiero po obejrzeniu przesyłki

W tym wariancie płacisz za każdą przesyłkę dopiero po jej otrzymaniu i obejrzeniu. Co miesiąc dostarczane są dwa tomy kolekcji. Po zapłaceniu w terminie za daną przesyłkę w kolejnym miesiącu dostaniesz następne dwa tomy.

WARIANT II
płatne z góry

Jeśli skorzystasz z wariantu „płatne z góry", przesyłki z kolejnymi dwoma tomami będą dostarczane bez dodatkowych opłat raz w miesiącu.

tomy od 1. do 44. – 352 zł
tomy od 2. do 44. – 344 zł
tomy od 1. do 22. – 176 zł
tomy od 2. do 22. – 168 zł
tomy od 23. do 44. – 176 zł

Sam decydujesz, który z wariantów prenumeraty wybierasz!

Wydawca zastrzega sobie prawo do zmiany długości kolekcji.

Prenumeratę kolekcji
SIOSTRY ZE ZŁOTEGO BRZEGU
możesz zamówić:

w sklepie internetowym hitsalonik.pl
wejdź na stronę www.hitsalonik.pl i korzystając z płatności internetowych dotpay zamów i zapłać za wybrany wariant prenumeraty.

telefonicznie
zadzwoń pod numer (22) 584 22 22 pn.–pt. w godz. 8.00–17.00
i zamów wybrany wariant prenumeraty! Płatności dokonasz
za pomocą blankietu dołączonego do pierwszej przesyłki.
Jeśli zamówisz prenumeratę po ukazaniu się w sprzedaży
drugiego tomu, płatności dokonasz za pobraniem
u listonosza.

e-mailowo
wyślij e-mail na adres: bok@edipresse.pl
w tytule wpisz „SIOSTRY ZE ZŁOTEGO BRZEGU",
a w treści podaj pełne dane adresowe oraz wariant
prenumeraty. Płatności dokonasz za pomocą blankietu
dołączonego do pierwszej przesyłki. Jeśli zamówisz
prenumeratę po ukazaniu się w sprzedaży drugiego tomu,
płatności dokonasz za pobraniem u listonosza.

Co miesiąc otrzymasz przesyłkę zawierającą 2 kolejne tomy kolekcji.

Zamawiając prenumeratę w trakcie jej trwania, w pierwszej przesyłce otrzymasz tomy od pierwszego zamówionego do tomu aktualnie znajdującego się w sprzedaży.

Zamawianie tomów archiwalnych:
Jeśli brakuje Ci któregoś z tomów, możesz go zamówić.
Koszt jednego tomu archiwalnego to 9,99 zł.
Niezależnie od liczby zamawianych tomów koszt wysyłki
jest stały i wynosi 13,50 zł.

Informujemy, że administratorem danych osobowych jest
Edipresse Polska SA, ul. Wiejska 19, 00-480 Warszawa.
Dane przetwarzane są w celu wysyłania zamówionej prenumeraty wraz
z ewentualnymi próbkami produktów i gadżetów firm reklamujących się
na łamach czasopism oraz w celu marketingu własnych produktów i usług
administratora. Każda osoba udostępniająca swoje dane osobowe ma prawo
do ich wglądu oraz weryfikacji, a także złożenia sprzeciwu wobec przetwarzania
danych w celach marketingowych. Zamawiający prenumeratę udostępnia swoje
dane osobowe dobrowolnie. Dane nie będą udostępniane innym podmiotom,
z wyjątkiem podmiotów uprawnionych na podstawie odrębnych przepisów.

W serii ukażą się:

Tom 1 *Hotel pełen tajemnic* 16 sierpnia 2017
Tom 2 *Płomienne uczucia* 31 sierpnia 2017
Tom 3 *Kobieta w oknie* 14 września 2017
Tom 4 *Zakazane szczęście* 28 września 2017
Tom 5 *Zawiedzione nadzieje* 12 października
Tom 6 *Sekrety i kłamstwa* 26 października 2017
Tom 7 *Mroki przeszłości* 9 listopada 2017
Tom 8 *Zniknięcie* 23 listopada 2017
Tom 9 *Spowiedź* 7 grudnia 2017
Tom 10 *Pożegnanie* 21 grudnia 2017

Kolejne tomy w przygotowaniu!

Wydawca zastrzega sobie prawo do zmiany kolejności,
długości oraz wizualizacji graficznej kolekcji.